이병용 제9시 · 평론집

아지랑이의 다림줄

새미

아지랑이의 다림줄

내 나이 이제 갓 쉰이니 무릇 백세시대의 반을 산 셈이다. 『논어』의 위정편에 따르면 '지천명地天命'에 이르러야만 하는 나이인 것이다. 그러나 나는 앞선 사십대에 '불혹不惑'의 경지에 이르지 못했음을 고백할 수밖에 없다. 굳이 발달이론을 들먹이지 않더라도 선행先行의 과업을 이루지 못한 것이 이후의 삶에 적지 않은 부담이 되리라는 것을 쉽게 예상해 볼 수 있다. 그래서인지 신년新年의 초두初頭부터 긴장감이 몸서리치도록 엄습掩襲함을 각별하게 자각하고 있다.

그런데 내 평생에 가장 춥고 눈이 많이 내렸던 겨울이 찾아왔다. 걸음을 재촉하는 빙판길 위로 오므리는 자화상이 스쳐갔다. 하지만 산행에서 바라보았던 눈꽃과 강을 건널 때마다 햇빛에 반사되는 결빙의 영롱함에 나는 넋을 놓은 경우가 많았다. 그것은 어쩌면 겨울의 몸과 영혼과 같아서 나는 그 자연의 힘 앞에 경이로운 변화를 직감할 수 있었다. 그러던 중에도 또 눈이 내리고 있었다. 그 눈은 과거의 상처받은 기억을 지우고 있었고, 나는 이제 남은 반평생을 위한 웅숭깊은 출발지에서 깊고도 느린 숨을 들이쉬고 있었다. 나는 인생의 겨울을 바라보고 있지만 다른 한편에서 계절의 순환도 한결같이 반복되고 있었던 것이다. 즉, 음력 새해를 넘기면서 다시 세시歲時가 일상 속에서 새롭고도 풍성하게 운용되고 있는 것이다.

어느덧 불시에 찾아온 봄날 햇빛이 대지에 강하게 내리쬘수록 공기가 공중에서 아른아른 움직이면서 환상을 자아내는 착시를 가져오게 한다. 그것이 지난 나의 반백년 동안의 지지리도 못난 해묵은 '자아'였다면, 이제 나는 그 자아로부터 탈각하는 또 다른 미래의 생애를 꾸려나가고 싶다. 나의 장년長年이 '신생新生'의 자아가 되기 위해서는 다림줄이 필요할 것이다. 그 다림줄로 아지랑이의 꼬불거리는 자아의 줄을 수평과 수직으로 다려내려고 한다. 그 수평의 씨줄로 나의 일그러진 정체성을 회복할 수 있을 것이고, 또 다른 수직의 날줄로 하나님의 형상 속에서 온전히 자유롭게 될 것이다. <아모스> 7장 7절에는 "다림줄을 가지고 쌓은 담 곁에 주께서 손에 다림줄을 잡고 서" 계신 거룩한 장면이 나온다. 나도 바로 그 다림줄로 나의 인생을 숭고하게 평정해볼 요량이다.

이 9번째 시 · 평론집 『아지랑이의 다림줄』이 나올 수 있도록 항상 격려해준 내 주변의 사랑하는 벗님들에게 이 자리를 빌려서 감사의 마음을 전하고 싶다. 특히 나는 원주의 토지문화관에서 3개월(2013年 6月 1日~8月 30日)동안 질박한 자연생활을 만끽하면서 이 책을 행복한 마음으로 끝낼 수 있었다. 여태껏 무슨 이유에서건 원고를 많이 쓰지 못한 까닭은 나의 어리석음과 게으름 때문이었을 것이다. 그러나 두 자리 수의 책들을 펴냈음으로 한편으로 부끄럽기도 하지만 다른 한편에서 책임감을 느끼고 있다. 다만 앞으로도 더 알찬 글들로 서로 만나서 대화할 수 있기를 소망할 따름이다.

2013年 8月 1日
잠실 여울목에서
祥雲 李炳龍

■차례

시인의 말 아지랑이의 다림줄

제1부 나무는 나무란다

나무는 나무란다 013　　자장가 판타지 015
잘살아보세 017　　해마동자 019
all stop 021　　안녕하세요 023
이렇게 좋은 날에 024　　줄낚시 025
도돌이표 027　　꽃돌 028

제2부 엄마의 바다

엄마의 바다 031　　수의 033
겨울잠 035　　말할 수 없음 표 037
봄맞이 039　　나 홀로 여행 041
비눗방울 안 043　　꽃바둑 045
몽약(夢藥) 047　　사랑지뢰 049

제3부 **설보름**

꿀맛 053　　거울 속으로 055

말돌림병 057　　달인 059

-18℃ · 마음의 온도 061　　의상여인(衣裳女人) 063

쌍둥이별 065　　사람의 아들 067

계절단풍 068　　설보름 069

제4부 **버섯인간**

부초 073　　한 옛날에 075

팔레트(palette) 077　　버섯인간 079

눈 하늘 081　　절규 083

보트 피플 085　　구제역 바이러스 087

달사람 089　　겨울별곡 091

제5부 **대북소리**

대지의 기둥 095　　파랑새 097

다도해 098　　묵찌빠 099

사람 꽃 100　　지구쳇바퀴 101

대북소리 103　　비의 꽃 105

달섬의 유랑 107　　매미왈 귀뚜리왈 108

제6부 **달릴 수 없는 나**

피아노 타이피스트 113　　섣달 보름달의 안녕 115

달릴 수 없는 나 117　　사랑절벽 119

설매화 121　　카멜레온 삼한사온 123

황금박쥐전 125　　줄푸세 126

발더듬 128　　탁란(托卵) 130

제7부 **영노**

snow jazz 133   선풍기얼굴 134
돈맥경화 136   사이시옷(ㅅ) 138
영노 139   밥상묵념 141
동장군 143   난민나라 144
다림줄: 정국을 바라보며 146
탈신화: 만들어진 대통령을 경계하며 148

제8부 **해항**

기차는 달린다 153   낙향 154
범종소리 155   고글세상 157
겨울잠 158   시비 반반 160
해항 161   동치미 163
천명 164   양다리 166

[평론]

1. 영혼의 눈, 섬 171

2. 산책(散策), 그 끊임없는 시공(時空)의 변주 189

3. 사물(事物) 보기의 시학

  :『흘겨보기와 예쁘게 보기』에 대해—이유식 론 197

4. 시혼(詩魂)에서 깨어나는 감성(感性)

  : 신세훈의『비에뜨·남 葉書』를 중심으로 206

5. 이양지의『유희』론 221

6. 그로테스크의 시학—최승호 론 242

7. 탈주(脫走)를 꿈꾸는 현실주의자—유하 론 264

8. 문명적 '야만' 버리기 288

제1부

나무는 나무란다

나무는 나무란다

나무는 나무라서
나, 無라고 나무란다

사철 잎 다 달라도
영혼은 하나여서

한 뿌리
마구 엉켜도
하늘보고
누
　　윘
　　　다

나무는 나무라서
나, 舞라고 나무란다

나이테 더 넓어져가도
밑동부리 그대로여서

작은 별
잎새로 달고
흔들리다
잠
　　든
　　　　다

자장가 판타지

엄마 가슴에 귀를 대고
가만가만 속삭이면

엄마 입은 쉬 엄쉬 엄
고동소리 도란도란

별들도
높은음타고
은하수로
흐
　　르
고

아빠 무릎에 걸터앉아
올망졸망 눈짓하면

아빠 손은 간질간질
얼굴표정 벙글벙글

반달이
낮은음타고
구름 섬에
　닿
는
　다

잘살아보세

색 바랜 사진에서
여인은 못났어도

성형으로 고치고
화장으로 칠하니

뭇 사내
모르고 몰라
비밀리愛
한
마
당

셀 수 없는 돈으로
골목마다 우쭐대도

정치판 줄행랑
경제도 수라장

한 가정

지지고 뽁아

愛피소드

제

각

각

해마동자

태평양의 물굽이가
푸르름을 감고 돌아

산호의 청사등롱
해초의 녹실녹실

황태자
납시려는지
오랜 시간
묵묵하더니

드러낸 얼굴은
수줍어서 수그리고

눈동자는 두런두런
선 채로 끼웃끼웃

작은 발
간지러운지

갑작스레
화
　　들
　　　짝

all stop

Ⅰ. 즐겁게 *山*을 타다가 그대로 멈춰라

나무꾼 선녀 만나 아들 놓고 딸 놓고
산수에 초목 더해 그림자만 쉬어가고
산사람
길 없이 다녀
얽박고석
밭
일
군
다

II. 즐겁게 *II*을 건너다 그대로 멈춰라

강태공 사공 따라 노 젖다 낚시 드리고
강바다 철새 모여 물고기만 흩어지고
강사람
떠돌아다녀
초가 한 칸
불
켜
진
다

안녕하세요

고향에 부모님 날밤으로 기다리셔서
눈물로 쓴 손편지 적고나니 꾸겨졌다
　　우체부
발로 펴지만
느림 느림
행
　　복
　　　해

뿔뿔이 흩어진 동무 얼굴 그리워서
기억을 더듬어도 흔적 찾기 힘들다
　　휴대폰
키만 눌러도
빠름 빠름
신
　　기
　　　해

이렇게 좋은 날에

해가 한나절 그림자 끌고 가는 동안
아무도 한껍에 자기 일 놓지 않는다
　　한 세상
　다 하고 있는
　억 조
　창 생
　장
　　하
　　　다

별이 한밤에 별자리로 뭉쳐가는 동안
달님도 모습 바꿔 각시탈로 노래한다
　　별천지
　무궁할수록
　대 대
　손 손
　잇
　　는
　　　다

줄낚시

닿지 않는 인연을 우연으로 맞으려고
내 손아귀로 어루만졌던 연줄연줄 미끼들
　월척이
어루숭어루숭
신기루로
떠
　올
　　라
　　　도

꿈 깨면
벗어날 수 없는 벼릿줄의 쪼임이
구석으로 내몰아
쭈그러진 망신창이
　피라미
수두룩해야
체면치레
헤
　어

날
듯

도돌이표

여명의 핏빛이 화색으로 번지더니
만나는 얼굴마다 날수로 스쳐지나간다
자전의
일편단심이
해를 품어
낳
는
다

계절의 순환이 술래로 돌고 도니
숨박질 사철마다 세시풍습 내놓는다
절기에
되풀이하는
전통마당
흥
겹
다

꽃돌

산등성 큰 바위덩이 비바람에 풍화되어
돌짬에 화석 같은 꽃돌이 얼굴 내민다
  무궁화
시들지 않지만
부서지면
  흙
    이
      다

흙덩이의 씨앗에서 이름 모를 새싹 돋고
뿌리가 바위 닿아 꽃돌이 환생한다
  꽃동산
땅으로 말미암아
오곡백과
  풍
    성
      하
        다

엄마의 바다

엄마의 바다

엄마 눈은
　등대시력으로
　　근심파도 갈앉히며

　곱끼는 아가의 등
　다독다독 달래본다

　　　바다새
　　두 섬 나닐어
　먹장구름
지운다

엄마 입술은
　방울메아리로
　　사랑포말 벙긋하면

　졸싹이는 아가의 발
　두*리*두*리* 춤을 춘다

밀썰물
따라다녀서
도돌이표
어록이다

수의

일월日月의 실타래가
바람세로 엉키어서

형벌로 입게 된 옷
해 갈수록 색 바랜다

죽음 때
땅을 수놓아
　씨앗마냥
　　누웠다

육척 장신인들
사방팔방 떨쳐봐야

해거름에 갇히자마자
그림자로 하나 된다

　영육을
풀망에 싸서

채로 털어
날린다

겨울잠

겨울눈
지천地川을 품고 앉아
하야말갛다

흙살을 어루만져
수맥을 짚더니만

한세상
노른자 만들고
지극정성
돌
　본
　　다

모진 바람 막아내다
구름깃털 흩어진다

태양알 굴려대며
백일지성 끝내더니

언
땅에
불씨 살아나
아지랑이
매
  웁
    다

말할 수 없음 표

금방도
그 현재의
우리가 아니므로

울민鬱悶이 빚어내는
금빛참회로 합창한다

묵상黙想의
별자리음표
가득 차서
고
요
타!

시방도
그 가까이서
십자가 바라보며

손에 발에 못 박고
한순간 온몸 떤다

공명共鳴의
영원한 존념存念
떠올라서
골
고
타!

봄맞이

설중매雪中梅 눈송이 말린
춘한春恨을 휘저으며

강물 풀린 나루터에
돛배가 풍어 쫓는다

물오른
강둑 따라서
새록새록
나물난다

나비가 *나불나불*
아지랑이 흩뿌리고

꽃비가 졸랑 졸랑
봄나들이 재촉한다

봄아이
보조개 호수

무지개가
눈부시다

나 홀로 여행

언제부턴가 시작된
몰래 하는 참빛 여행

캄캄한 밤바다에
방 한 칸 배
몸을 싣고

북극성
사람 없는 별
*백수 여인*白水旅人
떠
　　난
　　　다

달등대 비춰주어
구름암초 피하였고

밤파도에 밀려오는
은빛 별물고기 그물 친다

별똥어
꼬리 쫓다가
햇빛 폭우
만
　난
　　다

비눗방울 안

백설공주 마법 걸린
비눗방울 안
　볼록 세상

　바람음표 올라타서
솔솔 불어
　둥그레지다

　아기 볼
함성을 담아
한달음에
　나풀대고

　까아만 눈동자 없는
비눗방울 안
　투명 안구

　동무들 발 사이로
통통 굴러

미끄럼지치다

징검돌
무지개 타고
가는 길에
터진다

꽃바둑

해와 달이 심심해서
속기바둑 벌였는지

간밤에 흰꽃이
색꽃에 휘둘렸다

한판을
겨루는 꽃이
올긋볼긋
향
　　냈다

해가 놓은 중앙에는
꽃대마가 회생하고

달이 놓은 화점에는
꽃그림자 적요하다

새판을
부르는 꽃이
올목졸목
숨
　쉰다

몽약(夢藥)

어둠의 겹이불
태양을 재우면

감겨진 눈자위
달빛만나
신천지다

사바의
시공 넘으니
억조창생億兆蒼生
어여쁘다

북극의 찬바람
겨울잠 들게 하면

동장군 기어 나와
겨우살이 매섭다

몽매간夢寐間
코 쿵쿵이다
춘풍화기春風和氣
까
무
룩

사랑지뢰

사랑이 지뢰라는 건
모두가 아는 말

해도 후회하고
안 해도 후회하고

남는 건

do do do do do

그 다음에
따
　　져봐

지뢰를 밟아놓고
왜 그런지 얼쑹해

조각난 사랑퍼즐
맞춰봐야

폭탄일뿐야!

상심은
열정의 소치
과거지사
다
  그래

제3부

설보름

꿀맛

참벌의 날갯짓으로
색과 향 풀무질하여

황랍의 아방궁
곡곡마다 꽃계절

애벌레
청춘 달래는
필사 *탈각*
꿈
　꿀터

참벌의 봉침으로
오만날 단근질하여

화기花期의 오리무중
두루 살펴 무사태평

미로아迷路兒
해탈 이르는
필사 탈속
떠
　날터

거울 속으로

손거울에서 꼼질대는
몸가축의 가장질

온몸분장 연기에도
무대만은 진국이다

살주름
참살이 담아
만능기염
토

　　한다

거울집에서 되찾고픈
있는 그대로의 모든 기억

볼 때마다 투영된 영혼
블랙 홀black hole로 빨려간다

콘텐츠
무형이어도
완전전인
마주
　한다

말돌림병

말하며 내뱉은 말
상처의 도돌이표

쓰고 신 토설물
분리수거 부질없다

언필칭言必稱
오가는 말도
신호등에
갈
　　릴터

침묵의 금언은
불멸의 마침표

곱씹는 무자화無子話
사는 날에 천지무궁

참진인
묵시록 알아
은인자중隱忍自重
바
    랄터

달인

부도옹不倒翁 쓰러뜨려도
우뚝우뚝 서기까지

수만 번 엎어져야
제 할 일 숙련된다

하루해
생활의 달인
호구지계
달
　한
　　다

천년 탑 돌고 돌아
모서리가 닳기까지

발그림자 살아 돌아와
미륵불 현현顯現한다

찰나에
영성의 달인
견성성불 見性成佛
인
　한
　　다

-18℃ · 마음의 온도

자연의 싸인sign이 우라질 욕이라니
인간이 하여간 큰 잘못 한 모양이다
　　하나님
법정을 열어
　가감 없이
　　밝히자

유배 떠날 설원에는 눈그림자 새하얗다
눈덩이로 뭉친 새가 성벽 날아 쉴 곳 없다
　　봄전령
바람마차 타고
　지평선만
　　지친다

강과 바다 꽁꽁 얼자 물줄기도 굳어간다
온 세상 하나라도 동사이면 끝장이다
　　강심장
펌프질 하여

녹은 맘을
나누자

의상여인(衣裳女人)

갑각류여인이
휘감은 가변성 표피는

손 닿으면 때 타서
마이더스가 울고 간다

금허물
탈피할수록
자기파산
늘
　　었
　　　고

내딛는 걸음 족족
몰려드는 *파리 떼들~*

구더기 헤집는
장면마다 *주검들~*

소문이
금깝질 벗겨
누드여인
나
　　왔
　　　다

쌍둥이별

한 작은 별자리 아이가
별들 속에서

태양신과 꼭 닮은
상동 얼굴 찾으려다

은하수
빗물에 빠진
자기자신
건졌다아~

한나절 절로 남아
한눈팔던 우주에서

별무리 몰아가는
별목자 나타나자

찬란한
성상 앞에서

나르시즘
고쳤다아~

사람의 아들

하늘이 스스로 돕는 자 돕지 않으면
인간의 힘으로 그리하라는 계시다
　　인자人子는
　　　세상 구하는
　　십자가를
지
셨
다

인간이 자신 일로 하늘 갈 길 물으면
궁색한 기도는 옛사람 돌아가는 핑계다
　　무자無子는
　　　말씀 어기고
　　마녀재판
벌
렸
다

계절단풍

나무 아래 벌그죽죽 물들이는 나무단풍
갈바람에 낙엽이 수다스레 쌓인다
　　북세풍北塞風
빈 가지 엮어
철책마냥
　휭
　　하다

하늘아래 가리지 않고 내려앉는 눈단풍
달 아래 쌓이지만 해 뜨면 사그라진다
　　봄바람
초록단장에
연인마냥
　짱
　　하다

설보름

새해에 첫눈이 송년을 거푸 지우자
새하얀 백지세상 노닥거리 주저 된다
  설보름
왕래한 달빛
기척 없어
미
  쁘
    다

영년에 오만 마리 백학접어 널리 날리며
깨알 품어 날꿈 접는 사랑만을 붙들리라
  대보름
화평한 달에
심심상인心心相印
전
  한
    다

제4부

버섯인간

부초

마지막 씨앗으로 동토에 떨어져서
설한雪寒에 옴짝달싹 못하고 얼어붙는다

　동장군
칼바람 베인

　　　알
껍　　데
　　기

　곰삭는다

날 풀려 정신 차리자 맨 몸에 볕든다
춘우에 땅 때 벗으니 새살 돋아 자유롭다

　꽃뿌리
훔켜잡아도

잎
새   얼
굴

말쑥하다

한 옛날에

옛날에 한 부부가
한 이불에 밭 갈아

첫날밤 꽃씨 뿌려
귀한 열매 얻었는데

한바탕
떼지껄하다
내외지간
쌈
붙었다

영감은 *가가*(go)하고
할망은 흑흑(tears)하고

가가호호家家戶戶 홑청 널자
백기로 흔들거리더니

온 밤에
가화만사성家和萬事成
뜬
눈으로
지샜다나

팔레트(palette)

붓 닿아 벌이는 조색의 화판곡예
화공의 손놀림 장인 되어 전율한다

한
폭
에

누적의 진화
화석염료
으
   깬다

일월이 교차하면 자연의 계절곡예
성신이 가까우면 산과 들 신령하다

층
층
이

은총의 차림
오곡백과
널
　렸다

버섯인간

나무꾼 선녀 찾아 비몽사몽간 헤매다
날품지게 내려놓고 쉬는 틈에 잠들었다

　　목버섯
　얼굴 들어서
간지라기
달
　아
　　난
　　　다

활화산 녹아내려 씩은 땀 용솟아서
지천으로 돌고 돌아 온 몸을 멱감는다

　　돌버섯
　부끄러워서
애기뿌리
돌
　아

난
다

눈 하늘

*하*늘호수 얼어가면서
두툼해진 살얼음판

뚫은 하늘 푸름 속에
별빙어가 노닌다

    온 누리
   갈아엎을 물
거울같이
비
    친
        다

호수*하*늘 눈 뜨자
사방팔방 눈송이들

늘어진 눈가지 얽혀
지평선을 이었다

들오리
걸어가는 길
천둥하늘
닿
   겠
      다

절규

두 손아귀로 감싸 쥔
작은 용안 어그러져

뇌수가 흐물흐물
대지로 녹아든다

실루엣
먹장삼 두른
장님장승
서
　　있다

더벅머리 머리카락
수북이 일어나고

고함고함에 너울너울
산 메아리 고개 넘는다

노을빛
나목에 걸려
붉은 깃발
날
　린다

보트 피플

살 집은 드넓으나 몽몽히 땅 굳었다
삼부자三父子 발부리에 꽃가마 널브러진다

　가물음
황사바람에
　수백 리를
　　맴
　　　돈다

인심이 떼죽음너울로 ㅍㅇ방죽 넘어뜨리자
안전항로 따지지 않고 인민방주 닻올린다

뗏목에
지붕을 이는

버
섯
인
간

빼곡하다

구제역 바이러스

발 없는 바이러스
천리를 질주하여

수백만 집짐승
숨 가쁘게 내몰렸다

　벼랑 끝
경각의 극치
　　目
不　　　忍
見
아
　닌
　　가
　　　?

문명의 발이 고속으로
병마를 퍼뜨렸다

인간유죄 참극인데
동물학살 자행하는

세상에
말도 안 되는
이런 일이
　　　있
　　는
가
?

달사람

어둠에 빠져 까매져서
보이지 않던 달얼굴

구름수건에 얼른 훔쳐
반짝 얼굴 내놓는다

　　고적히
　　　달아오르는
　　홍조아미
말갛다

동무동무 만나려는
설레이는 정한으로

날마다 단장하니
고 모습 가지가지

　　보름달
　　만들어보는

몸가축에
신명났다

겨울별곡

긴 겨울은 지치지 않아
벽난로가 말 건다

타들어가는 장작개비
굴뚝으로 술술 토하는

　겨울송
별들을 구워
익는 소리
씽
　　씽
　　　씽

지루한 멈춤이
깊은 강 얼린다

미끄럼지치는 수면이
너울을 꽁꽁 재우는

겨울잠
꽃눈을 틔워
펼친 풍경
봄
　봄
　　봄

제5부

대북소리

대지의 기둥

태산준령 떠받친 천국하늘 튼실하니
　무구한 별천사 무궁무진 번창한다
　　수억 년
　　　헤아려 봐도
　　　　무량대수
　　　　　우주다

천년나무 나이테가 한 문명 기록하고
　잔가지 덮은 잎이 한살이 기억한다
　　동식물
　　　생태계 속에
　　　　지구자정
　　　　　쉼
　　　　　　없다

바벨탑 층층 쌓은 돌들이 흩어져도
　비단길 튼 입구몸 낙타 길로 이어왔다
　　인류사
　　　마지막 위기

막장부축 지탱할까?

파랑새

파랑새가 날아간 하늘나라 모를 곳
보이지 않는 작은 새의 짝눈은 보고 있다
하
늘
새
　날고 있는지
　　먼 빛의 눈
　　　반짝인다

파랑새가 돌아온 숲속나라 알만한 곳
청새는 초록빛 사이사이 우짖는다
나
무
새
　발목 묶인 채
　　바람의 말
　　　내뱉는다

다도해

육지부모 목하目下 품에 옹기종기 모여들어
파란 바다 밀썰물에 물장구로 빠져든다

　　수평선
　오르내리는
갈매기와
　춤
　　춘
　　　다

형제자매 잡은 손에 강강술래 원무 돌다
붉은 바다 일월광에 감탄사로 넋 놓는다

　　갯벌에
　일구어가는
하루노동
　참
　　좋
　　　다!

묵찌빠

상대방 으르대는 흉기를 내지르듯
묵찌빠 묵*찌*빠 팽팽히 맞짱뜬다

묵사발
암만 내둘러도
꿈쩍 않던
강
심
장

손바닥 간지럽게 살그머니 들이대는
묵찌*빠* 묵찌빠 안면이 겸연쩍다

약사발
암만 숨기어도
약발 받아
빙
그
레

사람 꽃

꽃피는 봄에는 모든 사람이 꽃봉오리다
넘나드는 발목마다
아지랑이 밟고 와서
햇살로
붉어진 얼굴
마주보다
웃
는
다

잎 지는 가을에는 모든 집들이 과실이다
돌아드는 길목마다
낙엽이 수북하자
씨알로
남겨진 식구
헤아리다
잠
든
다

지구챗바퀴

지구자전 전력질주하나 제자리에서 멀리뛰기
일정 속력의 지구는 사방팔방 고대로다

챗바퀴
돌아가는 동안
밤낮만이
깜
빡
인
다

지구공전 돌고 돌아서 콤파스의 무한회전
온갖 모양의 별들은 블랙 홀로 빨려든다

태양이
정지한 동안
사계절이
말
쑥

하
다

대북소리

남북을 오가려다 휴전선에 탁 막힌다

정상 체온 유지할 수 없는
열상의 허리춤~

철책에
휘감기는 바람
사시장철
사
　　납
　　　다

소식을 받으려고 두문불출 숨죽인다

다리는 목책이어도
목청껏 두런거린다

통일로
스멀거리는

대고大鼓소리

커

　진

　　다

비의 꽃

해 바라는 한 곬으로
구름꽃들이 모여들어

비집을 틈 없이
서성서성
내리박는 빗줄기들

줄들이
엉클어지면
　　피
어
　　나
는
잎방울

흙땅으로 스며들어
물뿌리가 깊어져도

바람에
간들간들
비의 꽃은 꺾인다

꽃구름
사라진 자리
색
   칠
하
   는
무지개

달섬의 유랑

달섬에 달려가던 발걸음으로 옴쏙옴쏙 패여
한없이 쏟아졌던 별빛만큼 텅 빈 하늘자리
그믐밤
홍두깨 내밀듯
뜻밖의 生
發
　芽
　　한다

여명으로 모습 감춘 달보름이 달아오른다
밀썰물이 맞부딪쳐 유랑하는 시간 속으로
둥글어
멈출 수 없는
미지의 光
　端
雅
　　하다

매미왈 귀뚜리왈

여름날
녹음은 그지없이 강바다다

잎방울 만드는
장마가 지루하고

폭염은
매미울음으로
석양마저
잊
는
다

칠석날
재회할 내 먼 사랑의 울렁증은

하소연 나누려고
귀뚜리를 부른다

애간장
써늘한 이슬
가을만이
제
격
이
다

제6부

달릴 수 없는 나

피아노 타이피스트

그니가 어사지간에 타이프로 연주하자
갸름한 손도끼 건반 갈라 토닥이다가

    소
   리
는
음표를 달고
활자 되어
박
  힌
    다

빠르디 빠른 손가락 마디가 화음하는 박자마다
자음과 모음으로 글자운율 맞춘다지만

  뻑
 사
리
터져 나온 오자誤字

옥에 티로
남
　　는
　　　다

섣달 보름달의 안녕

한 해가 저물어가서 성근 발길 재촉하지만
늘어진 검은 그림자 굼떠서 밤이 깊숙하다
　　또바기
　둥글어가는
보름달만
　또렷하다

또 한날 흘려보내고 새로 맞은 그 달은
핼쑥한 용태에도 밝기가 다름없다
　　동짓날
팥죽 속에서
새알마냥
　알롱댄다

흰 눈에 발자취 지워져서 고즈넉하고
섣달 모진 바람에 꽁꽁 어니 은은하다
　　새해에
떠오르는 달
　태양처럼

힘차리라!

달릴 수 없는 나

물이 계곡을 갈라
대지로 달릴 수 있는 만큼
높은 곳에서 낮은 곳으로
내려올 수 없는 나는

강바다
기러기 떼처럼
끼-욱
끼끼-욱
울
　먹인다

구름이 창공에 솟아
하늘로 흩어질 수 있는 만큼
동쪽에서 서쪽으로
여행할 수 없는 나는

온 누리
사람들처럼

별을 세며
잠
　　든다

사랑절벽

사람과 사람 사이에
　벽이 독이다
다름은 차별을
　증오는 폭력 낳아
역사는
　씻을 수 없는
상처들로
　곪는다

남자와 여자 사이에
　돈이 *반*지다
만남과 이별은
　쳇바퀴로 돈다지만
불멸의
　사랑이라도
돈맛 보면
　식는다

국가와 국민 사이에
  권력은 욕망이다
대중은 부르짖어도
   모불사貌不似가 나타난다
봄날은
  돌아오지만
가라지만
  날린다

설매화

눈꽃송이 눈잎송이 하늘에서 날려와서
한겨울 벗겨진 가지에 매달려서 절정이다
    설화가
한빛꽃이어도
  얼녹아서
    영롱하다

산중엔 봄빛이 온전히 돌아오지 않았는데
햇빛모서리의 매화가 수척함을 드러낸다
    생체기
발그스름한
  꽃날 끝이
    매웁다

어디서 향다운 한기 춘설을 다시 불러와서
눈과 꽃 입맞추어 만학萬壑이 동색이나
    담 구석
매화 몇 가지
  빙기옥골

봄
부른다

카멜레온 삼한사온

혹한에 언 강에서 설매를 지치고
논둑에서 바람 등지고 꼬리연 날리며
　　삼일 낮
코 시큰해도
씨름 없이
재
　잘
　　거
　　　렸
　　　　고

정오햇살 따듯한 종마루에 쫑그리고 앉아
돋보기로 종이 태우며 서책을 가까이 했던
　　겨우내
이상기후로
카멜레온
돌
　아
　　다

닌
다

황금박쥐전

마이더스의 손장난에 막 놀아나던 몸뚱이
손때를 타면서 참자유 잃었다
황금이
부럽지 않아
섬광마저
쪽
빛
이
다

줄어드는 일수 속에서 황금률 깨우치며
물구나무서기 허드렛일 허심으로 받든다
실루엣
어둠 안에도
그림자는
부
생
한
다

줄푸세

풀 수 없는 인연의 실타래
너무너무 얽혀있어
과거와 미래는 억박적박 오리무중

시방도
수행하지만
꼬랑이도
못
　찾
　　음

찰나에 스치우나
우매함의 불성으로도
일생에 일우하는 행운이 주어지니

백겁百劫에
다시 태어나
억척선생善生
다

할
터

발더듬

Ⅰ. *"저를 가만 두어 나의 장사할 날을 위하여 이를 두*
게 하라"

부질없는 눈물은 얼룩 되어 맘 상하나
대속의 핏물은 아낌없이 죄 사(赦)한다

예수는 온갖 병마 치유하러 순회하고
처녀는 머리 풀어 그 발품 기렸다
젖은 발
광야를 다녀
생
수
로
만
흘렀다

II. "나의 원대로 마옵시고 아버지의 원대로 하옵소서"

힘없는 약자는 사랑을 따른다
폭력이 난무해도 질서는 회복된다

아버지는 사랑하는 아들을 보내주었고
아들은 그 뜻 쫓아 원대로 귀천했다
*마*른 발
못에 박히어
십
자
가
를
세웠다

탁란(托卵)

뻐꾸기 자웅 겨루어 목청소리 드높더니
둥지 없이 떠돌다가 만월 배에 궁색하다
낳은 정
숨기다 못해
꺼꾹꺼꾹
숨
넘
는
다

뱁새가 짝짜꿍이 업둥이 품에 두자
꼽실꼽실 커가는 미운 짓에 눈먼다
기른 정
어쩌지 못해
쫑쫑대다
피
마
른
다

제7부

영노

snow jazz

공산명월 찬바람에 휘어지던 나뭇가지
노림수 표적 찾아 불철주야 쌍수 들다
　　첫눈에
　달라진 시야
송이송이
헛
　물
　　켠
　　　다

눈발이 굵어져서 눈꽃이 만개하자
얼음판 내다보는 물고기 눈 감는다
　　꿈결에
　눈사람 얼굴
삐쭉빼쭉
떠
　오
　　른
　　　다

선풍기얼굴

간닥간닥
고개가 알딸딸하도록 흔들어대면

촛불에
바람 익어 붉은 밤 지글거린다

복날에
구르는 땀이
구천으로
마실
다닌다

딱 멈춰
눈동자 풀리도록 맞바람 쐬면

돌부처
먼지 날려 형안이 간드작거린다

칠석에
하늘 바라며
은하수로
발목
식힌다

돈맥경화

이름 없는 허수아비
돈 벌러 농장 찾았다

하루 종일 노동해도
푼돈조차 벌리지 않고

허리춤
흘러내리자
바
　지
랑
　대
딸랑이다

두 손 놀리지 않고
지평선 저울질하며

얼굴의 이목구비
사방으로 흩트리지만

모자는
벗을 수 없어
　거
　지
　　보
　다
못하다

사이시옷(ㅅ)

나 홀로 설 수 없는 낱말의 중매쟁이
모음과 자음의 중간에 끼어들어
　종성은
소리를 엮어
의미마저
넓
　힌
　　다

끊임없이 미끄러져가는 기표의 유희 속에
*시옷*은 국적 바꿔 *사람*으로 둔갑한다
　군중들
사이사이로
말말말말
석
　인
　　다

영노*

서민 잡는 양반들이 골목상권 장악하여
보릿고개 잊었는데 밥 먹는 일 구차하다
　　탈 쓰고
신명을 다해
어화둥둥
타
령
한
다

각시탈 하늘 우러러 갈급령을 호소하자
우레가 들리더니 적토마 다가온다
　　영노는
양반 무찔러
민생이
평
안

---

* 양반 잡아먹는 동물.

하
다

밥상묵념

밥상머리에서
어진 햇살 한 숟가락 떠먹어도

푸성귀 버무리
초록 밭을 일구고

느리게
함께 가지만
발힘만은
힘
차
다

급식에서
고깃덩이 젓구멍에 딸랑대도

농부가 일감 놓아
산에 들에 피멍들고

빠르게
혼자 가지만
어깻짓이
처
진
다

동장군

하얀 눈은
녹지 않아
삽사리가
쫑잘거리고

깊은 강물
얼어붙어
빙어가
줄 잇는다

강산이
겨울샅바 잡고
한 몸 되어
딩
　군
　　다

난민나라

겨울철
휴전선 철책마다 눈꽃 핀다

꽃잎이 떨어지면
눈물은 얼어붙고

동토에
바람만 불어
한이 얼어
멈
　춘
　　다

송전탑
실직자 온몸에는 열꽃 핀다

모래시계 흐를수록
사막은 커져가고

황사에
보이지 않는
목마름이
타
　든
　　다

다림줄: 정국을 바라보며

역사에서
수직이란 上下하며 옭아맸다

혁명은 짓눌렀어도
복지는 상승하는 것

그네는
오르내려야
치마폭이
날

　　릴

　　　터

근대에서
수평이란 左右하며 분쟁한다

보수는 왕왕대고
진보는 찡찡대고

재인은
무대 떠나야
배고픔을
알
　　릴
　　　터

탈신화: 만들어진 대통령을 경계하며

하늘은
지상에 뿌리내려 소통한다

민심은 천심이고
개천에서 용난다

천상에
순응 않는 자
신이 되어
불사하려
　　　　　하
　　　　　　　나

자화상은
현실의 동경으로 그려진다

신화의 허구는
역사로 가려진다

참자기
성찰 않는 자
미로예토迷路穢土
헤어날 수
　　　　없
　　　　　다

제8부

해항

기차는 달린다

나는 고함지르며 레이스를 달린다
등진 산등성이 꼬리가 멀어져가자
  간이역
몰래 쉬려고
살
그
머
니
멈췄다가

나는 창눈 뜨고 열 칸 몸길이로 달린다
옆엔 강줄기가 줄느런하게 흘러가고
  종착역
결판내려고
가
지
런
히
땀 흘린다

낙향

우물 안 벗어나려 상경한 반평생이
집 한 칸 책상머리에 흰머리로 마주한다
　석양에
아궁이 같은 하늘
불씨라도
남
　기
　　려
　　　고

별 보이는 시골 찾아 낟알 주워 떡을 찧어
사랑방에서 친구 맞고 안방에서 안해 안는다
　여명에
태양 굴러도
제자리로
돌
　아
　　온
　　　다

범종소리

부풀어 오른 긴 치마 속살이 보드라워도
바람에 날리지 않는 정숙한 정장차림
　　침묵에
큰얹은머리
나무
비녀가
묵
직
하
고

가랑이 없이 밑이 하나로 터진 치마 끝이
마음을 둥글넓적하게 원함대로 모아서
　　떵~ 치자
부들거리며
입술처럼
말
하
고

있다

고글세상

사막도 아니고 황사바람 불지 않아도
目下에 그림자는 해거름에 늘어진다
　근시안
천리마 타고
주유천하
떠
　나
　　볼
　　　터

눈 아파 눈물 글썽이다 생각으로 멀리 본다
月下에 밤 지새우며 사랑사랑 씻김혼 한다
　원시안
거북이 타고
구중궁궐
기
　어
　　볼
　　　터

겨울잠

높바람 떨군 낙엽
그리저리 굴러다니다
오그르르 모여 있어
겨울이불 두둑하다
맛나던
절식을 끊고
곤 한
잠 에
빠
진
다

북새풍 눈보라로
눈꽃난무 광활하다
강물 위의 얼음판
닦아도 속 안 보인다
대지에
낙엽과 눈이
층 층

혼돈
夢
이
다

시비 반반

그 남자 그 여자 마주보면 볼썽사납다
술주정 *고래고래* 외치고 말주정 *싸움* 붙는다
새우 등
온전하려면
시
시
콜
콜
쿨cool해야

좋은 *님*과 나쁜 *남*은 일촌과 무촌 차이다
궁합도 마다하더니 성격타령 웬말인가?
음양이
화합하려면
건
건
사
사
핫hot해야

해항

화창한 날
수평선 너머로 돛대가 바다에 잠긴다

갈매기는
수평하게 날아올라서 날치 같은데

너울이
하얗게 일어나도
over the see
유
랑
중

바닷가
썰물 따라 바다 깊숙이 뛰어든다

내 사랑
떠나보낸 신세계를 바라본다

밀물로
돌아온 파도
under the see

난

파

중

동치미

겨울 장독은 차디찬 눈바람을 벗한다
통무와 고추가 짠 눈물 쏟았는지
　　살얼음
에두르지만
바
닥
만
은
진국이다

숨 들이쉬어 하얀 소금 녹아들어 정갈하고
내쉬어 맛 익어서 한 사발에 속 풀린다
　　정수로
맘 가뿐하니
만
병
통
치
따로 없다

천명

하루하루 부대끼며 가슴 속에 쌓인 말
탑돌이 산 낮추고 석불이 금언한다
　　천산에
해 입술 솟아
탄다
탄다
발
　갗
　　게

한 해 한 해 명절마다 조상님께 제사한다
초목은 열매 달고 부모는 자식 돌본다
　　천상에
별 씨앗 뿌려
꽉
꽉
찬다
찬

란

히

양다리

전쟁으로 찢겨진 山河 철책이 막 삭았다
양다리 옴찔거려도 완완한 몸 돌아오지 않는다
  휴전선
마주보는 장막
총 앞세워
으
  름
    장
      이
        다

북한이 파내려온 지하동굴 발칙해도
남한은 황소들이 가시울타리 넘어 올라간다
  금강산
봉우리마다
행함 담아
야
  호
    부

른

　　다

[평론]

1. 영혼의 눈, 섬

2. 산책(散策), 그 끊임없는 시공(時空)의 변주

3. 사물(事物) 보기의 시학
   :『흘겨보기와 예쁘게 보기』에 대해 ─ 이유식 론

4. 시혼(詩魂)에서 깨어나는 감성(感性)
   : 신세훈의『비에뜨 · 남 葉書』를 중심으로

5. 이양지의『유희』론

6. 그로테스크의 시학 ─ 최승호 론

7. 탈주(脫走)를 꿈꾸는 현실주의자 ─ 유하 론

8. 문명적 '야만' 버리기

영혼의 눈, 섬

1. 들어가며

섬은 사방이 물로 둘러싸인 장소, 즉 바다·강·호수 등
에 사방이 둘러싸인 대륙보다 작은 육지이다. 지구상의 수
많은 섬들이 일부는 인간을 기다리며, 또 다른 일부는 인간
의 방문을 허락하지 않으며 바다 위에 떠 있다. 섬의 이미지
도 각양각색各樣各色이어서 한편에선 미지의 세계, 가보고
싶은 곳, 평안함, 방해받지 않는 공간, 푸른 바다 위의 삶터
등의 긍정─적극적으로 형상화되기도 하고, 다른 한편에선
고립감, 외로움, 단절, 답답함, 절망감 등과 같은 부정─소극
적으로 표현되기도 한다. '사방이 물로 둘러싸인 것'은 또한
여러 가지 상징적 의미를 나타낸다. 섬은 넓은 바다가 표상
하는 무한한 비논리적인 힘이 증류된 형이상학적인 힘을 상
징한다. 동시에 섬은 고립, 고독, 죽음을 표상하기도 한다.
이 글에서 우리가 그리고 있는 '섬 여행'은 상상의 세계,

눈에 보이지 않는 세계 속으로의 여행, 섬에서 섬으로 찾아
떠나는 순례이다. 다음의 글들은 이러한 특징을 잘 보여주
는 시구詩句이다.

ⅰ) "사람들 **사이**에 섬이 있다
그 섬에 가고 싶다"

—「섬」, 정현종

ⅱ) "섬은
그렇게 가고 싶은 **거리**에 있어 좋다"

—「섬」, 조병화

ⅲ) "섬은 **저편**에 있기에
가고 싶다."

—「섬」, 박남수

ⅳ) "**지도에 없는** 섬 하나를 안다"

—「그 섬에 가면」, 임영조

ⅴ) "누구든, 그 자체로서 **온전한** 섬은 아니다."

—「누구를 위하여 종은 울리나」, 존 단

위의 시들은 모두 섬에 관한 인식의 차이를 보여준다. 우
선 "사람들 사이"는 '틈' 혹은 '관계'를, "그렇게 가고 싶은"은
'그리움'을 나타낸다. "사이"와 "거리"는 모두 '공간'을 지각
知覺하는 용어이지만, 시의 문맥에서 보면 공空, 여백餘白, 흔
적痕迹 그리고 담론과 같은 관념을 드러내고 있다. 다음으로
"저편"과 "지도에 없는"은 모두 '시각'의 지칭指稱과 관계가
있다. 저편은 이편이 아니므로 볼 수가 없고, 지도에 없는 섬
은 실제 섬이 아닌 상상과 허구의 섬으로 모두 사실적이지
못하다. 결국 공간과 시각을 나타내는 ⅰ), ⅱ), ⅲ), ⅳ)는 모
두 실제 섬의 정밀한 묘사라기보다는 수사적 언어의 비유·
상징적인 의미임을 알 수 있다.

　마지막으로 ⅴ)의 "온전한(entire)"의 의미는 첫째 전체(whole)
와 부분, 둘째 완전(complete)과 불완전의 뜻과 연관하여 유
추類推할 수 있다. 다시 말해 부분이 모여 전체를 이룰 때 불
완전한 모습이 완전한 형상으로 구체화된다고 보면 될 것이
다. 그러므로 필자는 이 글을 먼저 섬의 서경적인 묘사로부
터 시작해서, 나중에는 섬의 단편적인 심상에서 전체적인
주제로 나아가기로 한다.

2. 풍경(風景)

엄마가 **섬 그늘**에 굴 따러 가면
아기가 혼자남아 **집**을 보다가

바다가 불러주는 자장노래에
팔 베고 스르르르 잠이 듭니다

―「섬집아기」

　위의 동요(한인현 작사, 이흥렬 작곡)는 초등학교에 취학就學하기 전부터 듣거나 불러서 귀에 익은 곡이다. 섬 그늘에서 해가 떠 있는 시간적 배경을 알 수 있고, 아기는 쉼 없이 다가오는 바다파도의 평화로운 모습에 엄마 없이 잘도 잠든다. 여기서 '섬 그늘'과 '집'과 '바다'가 공간적 배경이다. 그리고 파도치는 소리심상("자장노래")과 섬 생활의 시각심상("팔 베고 스르르르")이 조화를 이루면서 서경敍景적 일치를 이루고 있음을 살필 수 있다.

　이와 같이 섬의 일상적 풍경만으로도 훌륭한 시가 될 수 있다. 섬을 찾았을 때 내리쬐는 햇볕, 발을 딛고 있는 섬 땅, 그리고 시야視野를 결코 떠나지 않는 바다의 수평선이 불러 일으키는 언어의 힘만으로도 시를 구성하는 참된 서정抒情의 맛을 느끼게 한다. 그러한 예를 다음의 시에서 찾아보기로 하자.

　ⅰ) 명분도 없는 水道를 사이하여 바라뵈는
　　　뭍에선 봄기운이 띠를 둘러 흐르는데
　　　세월은 주저앉은 채 한시름 푸는 중이다.

　　　갈매기 두어 마리 無心 끝에 오르고
　　　다만 손짓으로는 가릴 수 없는 **햇살**,

화안한 배추밭 하나 눈썹 위에 와 있다.

아무리 둘러봐야 드디어는 들새처럼
모가지 휘어지는 하얀 뒷덜미 설움,
뭍으로 오르다 그만 지쳐 쉬는 **바다**여.

—「섬에서」, 박재삼

ii) 무인도라고 찌푸리는 것은
　　섬이 아니라 **물살**이다
　　외로워 살 맛이 없다고
　　엄살을 부리는 것은
　　등대가 아니라
　　소나무 소리다

　　백년을 살아도
　　살 맛이 없다고
　　신경질 부리는 것은
　　바위가 아니라
　　풍란이다

—「그리운 바다 성산포; 49. 무인도」, 이생진

위의 두 시는 모두 섬의 풍경을 담고 있다. 박재삼의 시는 뭍, 햇살, 바다를 빼어난 시각적 이미지로 형상화하고 있다. 정적인 뭍과 동적인 바다를 대조시키면서 세월 속의 설움을 들춰내고 있다. 이생진의 시도 역시 섬·등대·바위와 물살·소나무·풍란을 대비시키면서, 무정물無情物 속의 유정물有

평론　175

情物을 생동감 있게 잘 그려내고 있다. 두 사람의 시에서 섬에 사람이 살고 있든지 아니면 고립무원孤立無援의 무인도이든지 하는 것은 중요한 것이 아니다. 그러나 '무심'하고 '살맛'에 연연해하지 않는 섬 풍경을 전달하는 시인의 태도는 전자가 객관적이라면, 후자는 주관적으로 사뭇 다르다.

그렇다면 섬 풍경을 찾아 나서는 여행객들은 어떤 정조情操를 띤 사람들인가 자못 궁금해지지 않을 수 없다. 섬을 동경하는 사람들은 잡다한 현실로부터 벗어나서 자연 그대로의 이전以前 상태로 되돌아가는 일을 상상한다. 이 때 현실을 규정하는 육지의 삶은 인간의 이상을 가두고, 먼 곳으로의 이탈은 새로운 가능성을 모색하게 하는 이상향理想鄕으로 비춰질 수 있다. 오히려 가두어진 답답한 마음은 섬으로 남고 섬으로의 자유로운 상상의 여행은 무한한 탐색의 여정일 수 있다. 다음의 시편들은 상상의 섬 여행을 통하여 새로운 이상을 펼치고 있는 좋은 예들이다.

> i) 그러면 거기에 평화가 있겠지, 평화는 천천히 방울져 내
>   리겠지,
>   아침 장막으로부터 귀뚜라미 우는 곳에까지.
>   그곳, 한밤중은 온통 희미하게 빛나고, 대낮은 보라빛 광채,
>   그리고 저녁은 홍방울새 날개로 가득히 차.
>
>   이제 나는 일어나 가야겠다, 밤이나 낮이나 항상
>   호수 물이 낮게 기슭에 찰싹이는 소리 들리니.
>   가로에 섰을 때나 회색 포도 위에 섰을 때나

내겐 그 소리가 깊이 가슴 한복판에 들린다.

─「이니스프리 湖島」, 예이츠(이창배 역)

ii) 滄茫한 물굽이에
　　금시에 지워질 듯 근심스리 떠 있기에
　　東海 쪽빛 바람에
　　항시 思念의 머리 곱게 씻기우고

　　지나 새나 뭍으로 뭍으로만
　　向하는 그리운 마음에
　　쉴새없이 출렁이는 風浪 따라
　　밀리어 밀리어 오는 듯도 하건만

─「鬱陵島」, 유치환

　위의 시들은 모두 상상으로 시작한다. 예이츠의 시는 '이제' '가야겠다'로 시작해서 '평화'가 깃들 수 있는 삶의 터전을 그려내고 있다. 몸은 비록 도시의 '가로'와 '회색 포도' 위에 있을지라도 '가슴 한복판'에는 호도湖島로 은거하려는 생각이 이미 자리잡고 있다. 유치환의 시도 '심해선 밖'으로 '갈꺼나'로 시작해서 '조국의 사직'을 걱정하는 '간절함'을 토로하고 있다. '동해 쪽빛 바람'과 '쉴새없이 출렁이는 풍랑'으로 단근질하는 울릉도는 기실은 시인의 육신과도 다를 바가 없다. 런던에 체류하고 있었던 예이츠가 탄압으로 고통받는 고국 아일랜드 서부 슬라이고Sligo의 라프 길Lough Gill 호 속의 작은 섬에서 평화로운 전원생활을 꿈꾸는 것이나,

남·북 분단의 어지러운 정치상황에서 유치환이 '어린 마음의 미칠 수 없음'을 멀리 떨어져 있는 울릉도로 물러나 관망하고 있는 것 모두 그 내용 면에서 두 시인의 민족적 혹은 우국적 태도를 보여주는 것이라 말할 수 있다. 이와 같이 호수 섬과 바다 섬을 그들의 안식처로 설정한 것과, 수미상관首尾相關으로 드러나는 형식적 특징의 우연한 일치에서 섬 풍경 묘사의 공통점을 발견할 수 있다.

다른 한편에서 다음에 나오는 이어도는 '제주 어부'의 입으로 전해오는 상상의 섬이다.

    iii) 아무도 이어도에 간 일이 없다.
       그러나 누구인가 갔다 한다.
       가서는 영영 돌아오지 않았다 한다.
       이어도 어디 있나
       물결 靑銅 골짜기
       동남방으로 동남방으로
       눈썹 불태우는 수평선뿐이다.
       이어도 어디 있나.
       濟州 漁夫 핏속에 사무친 섬
       아무리 노 저어도
       돛 올려 내달려도
       濟州의 꿈 어디 있나.

              —「이어도」, 고은

고은은 '아무도' '간 일이 없다'와 '누구인가' 가서 돌아오지 않았다는 모순형용矛盾形容을 통하여 현실에 실존하지 않으나 이상으로 존재하는 유토피아의 섬을 동경하고 있다. 육지에서 섬을 찾아 나서는 여행과 달리 이번에는 제주섬 생활에서 꿈을 찾아 또 떠나는 섬 순례는 분명 문명과 자연, 그리고 현세現世와 내세來世를 뛰어넘는 동양의 무릉도원武陵桃源과 서양의 극락極樂의 세계로 그려보아도 무리가 없을 듯하다. 그러므로 저기 있다가 사라지는 신기루와 같은 섬을 못내 찾아 나서는 것이다.

이상의 내용에서 섬 풍경을 찾아 나서는 이의 주조主潮를 알아보았다. 복잡한 현대 도시문명의 육지와 다른 단순한 이질감에서 비롯되던 멀고도 낯선 섬 여행이 궁극적으로는 현실에서 실현할 수 없는 이상향을 향해 달음박질하고 있음을 살필 수 있었다. 그렇다면 우리가 반겨 찾아 나서는 섬 풍경이 우리의 이상향인 이어도와 어떤 연관을 갖는 것일까? 섬 풍경과 우리 내면의 상상세계와의 관계는 어떻게 조응되는 것일까? 혹시 섬 풍경과 우리 내면의 풍경이 일치하는 것이라면 그 세계가 이어도는 아닐까?

3. 내면(內面)

섬 풍경은 찾는 이의 내면의 풍경과 다를 바가 없다. 사람은 누구나 영혼의 깊이를 간직하며 살아가고 있다. 현대사회가 '고독孤獨한 군중群衆'으로 특징 지워진다면, 인간의 영혼은 바다에 제각기 떠 있는 군도群島와 같을 것이다. 그리고 이 때 한 영혼의 절실한 감정은 한 섬의 전체 풍경으로 풍겨 나는 것이다. 만약 섬 풍경으로 우리 내면세계의 모습을 충실히 살려낼 수 있다면, 역으로 우리의 내면세계의 심상들이 총체적으로 합쳐져 그 섬 전체의 형체를 더듬어 완성할 수도 있을 것이다. 아래에 나오는 시작품들은 우리 내면세계의 여러 관념들을 들여다보게 해주는 섬의 풍경들이 잘 형상화되어 나타나고 있는 좋은 예들이다.

> i) 이 **그리움**조차
> 끝끝내 그대에게 닿지 못한다 그걸 배우며
> 사는 자의 상처를 적시는 파도소리
> 지치도록 퍼올려지는 바람결에
> 나 쓸쓸히 풍화하는 잠으로 누우면
> 그대 어느새 한 개 뜬 섬 축축한
> 눈물로 솟고
> 저물도록 출렁이는 수평선 위엔 자리 바꾸는
> 별빛 희미하게 껌벅거린다
>
> −「섬」, 김명인

> ii) 섬은 사람에게
> **꿈** 혹은 **임**을 낳는다
> 그리고
> 꿈이나 임을 묻어 버리기도 한다
>
> 바다는 대지 이상이다
> 죽음은 대지를 낳고

사랑은 섬을 낳는다

—「섬을 위하여」, 고은

얼마는 저승 쪽에 기울고
남은 얼마를 이승 쪽에 기운
눈부시어라
섬은 **사랑**의 모습이네.

—「섬」, 박재삼

여기서 예를 든 시들은 모두 주관적 체험에 토대를 두고 있다. 그러나 또한 섬의 형체를 한결같이 드러내는 특징을 보이고 있다. 김명인은 '그대에게 닿지 못'하는 그리움을 '한 개 뜬 섬' 눈물로 형상화한다. 고은의 경우 섬은 '꿈이나 임'을 낳으면서 동시에 묻어버린다는 진술을 근거로 할 때 탄생과 죽음을 상징한다. 즉, 사랑과 죽음이 섬과 대지를 낳는다는 것이다. 박재삼의 경우 섬은 죽음과 삶을 넘나드는 '눈부신 사랑'을 상징한다. 여기서 '저승'은 죽음을 표상하는 바다로, '이승'은 삶을 표상하는 대지로 유추할 수 있다. 그러므로 두 시인의 경우 삶(탄생)과 죽음이 함께 하는 사랑의 공간이 섬이다.

이와는 달리 섬을 박남수는 '실의'와 '고독'으로, 유치환은 '망각'과 '죽음'으로, 문효치는 '눈물'로 표현하고 있다.

iii) 시푸런 남빛으로 설치며, 파도는

작은 섬을 핥으고 있지만,
失意에 낯익은 섬은
고독의 귀를 세워
어둠을 나는 갈매기의 絶叫를
조용히 듣고 있었다.

　　　　　　　　　　　　　　　　　－「섬 壹」, 박남수

iv) 저 無邊한 未知의 邊涯에서 일어, 끊임없이 밀려오는
　　목숨의 바다 저편, 그 섬 둘레에 이르르면 마침내 스
　　러지는 **忘却**과 **죽음**의 섬이 있나니.

　　　　　　　　　　　　　　　　　－「忘却의 섬」, 유치환

이 섬이 왜 아름다운가를 알았네.
바다에 떠 있는 신의 **눈물**.

그 투명한 눈물 속에서
아열대 나무는 자라고
제비 날고, 떨어져 죽고

커다란 눈물이 왜 아름다운가를 알았네.
견고하게 굳어 버린 금강석 덩어리.

　　　　　　　　　　　　　　　　　－「소록도 · 눈물」, 문효치

　　이 모든 것들은 섬 풍경이 환기하는 인간의 순간적인 감
정을 시각 · 청각과 같은 이미지를 사용해서 비유로 표현한

것이다. 섬의 풍경이 요소마다 언급되지만 시인의 주관적인
정조를 최적화하는 방향으로 활용되고 있을 뿐이다.

한 마디로 요약하면 인간의 내면이 섬으로 형상화되어 표
현되고 있다는 것이다. 그렇다면 섬 풍경은 인간의 주관적
인 감각작용으로 지각되어 다시 살려지고 있는 소재에 불과
한 것에 지나지 않는 것이 된다.

4. 소우주(小宇宙)

지구상의 모든 대륙은 커다란 대양으로 둘러 쌓여있고,
지구 역시 우주의 은하계銀河系 속에 갇혀있다. 복중腹中 태
아胎兒의 상태도 사방이 물로 둘러싸인 섬과 같다. 융에 의하
면 섬은 무의식을 표상하는 바다의 위협적인 공격으로부터
인간을 지켜주는 피난처, 바꿔 말하면 '의식'과 '의지'를 상
징한다. 섬은 또한 많은 고전작가들의 경우 축복 혹은 행복
의 섬으로 묘사하고 있어 '지상낙원'을 상징한다. 이와는 달
리 넓고 황량荒凉한 대륙은 어린아이의 입장에서 살펴보면
아마도 쓸쓸한 지옥이 될 수도 있다.

우리 모두는 태어나기 이전의 행복한 태중胎中 에덴상태
에서 이 초록 땅에 출생出生하여, 지금은 복잡다변複雜多變한
인간사회 속으로 미지의 여행을 계속 떠나야만 한다. 다시
말해 인간은 성장하면서 보호받던 '섬'을 떨치고 '대륙'으로
상륙해서 삶의 터전을 마련하게 된다. 사람은 자아를 완성

하기 위하여 이러한 여정을 준비하는 것이다. 그럴 경우, 이
출발은 자아발견을 위한 하나의 전환점이 된다. 아래의 시
편은 그러한 내용을 잘 보여주고 있는 작품이다.

　　ⅰ) 그해 여름 내내 나는 섬을 생각했다.
　　　　수갑을 차고 굴비처럼 한 줄로 묶인 채
　　　　아스팔트 녹아나는 영등포 길로 끌려가면서
　　　　세상에서 가장 심심한 작은 섬 하나 생각했었다.
　　　　그 언덕바지 양지에서 들풀이 되어 살고 싶었다.

　　　　바다는 물살이 잔잔한 초록색과 은색이었다.
　　　　군의관 계급장도 빼앗기고 수염은 꺼칠하게 자라고
　　　　자살 방지라고 혁대도 구두끈도 다 빼앗긴 채
　　　　곤욕으로 무거운 20대의 몸과 발을 끌면서
　　　　나는 그 바다에 누워 눈감고 세월을 보내고 싶었다.

　　　　　　　　　　　　　　　　　　　　－「섬」, 마종기

　　ⅱ) 그는 五년 九개월을 미국에서
　　　　학문에 바빴지만
　　　　나는 조국강산에서
　　　　바람을 날리고 있었지

　　　　바달 훑고, 섬을 훑는
　　　　눈보라, 이 난타
　　　　납작이
　　　　호텔 라이온즈 지하실 식당에서
　　　　깊이

술로 호흡을 하고 있었지
창밖에, 우짖는 눈보라
나는 섬에 있었지

휘
휘.

―「섬―濟州缺航」, 조병화

위의 시들은 자기인식 과정을 잘 보여주고 있다. 이 때야
말로 자아와 주변상황과의 갈등이 중요한 변수로 작용한다.
마종기는 '세상에서 가장 심심한 작은 섬'에서 언덕바지의
들풀로 살고 싶었으나, 어느 여름날 소용돌이치는 정치 바
다에 휩쓸려 눈감고 그의 20대를 이겨내야만 했다고 토로하
고 있다. 여기서 섬은 보호막으로, 바다는 위험을 가져오는
요소로 작용하고 있다. 조병화는 눈보라가 '난타'한 날, 길
막혀 아들과 단 둘이 '품속의 말'을 푼다. 아들이 미국에서
'학문'에 전념한 세월동안, 자신은 조국강산의 '눈보라'를 피
할 수 없었던 섬이었다고 회고한다. 자식을 섬 밖으로 내보
내 성장시킨 아비의 지극한 희생정신을 읽어낼 수 있다.
　인간이 탄생에서 죽음에 이르기까지 통과해가야 하는 저
엄청난 고독들 속에는 특별히 중요한 어떤 장소들과 순간들
이 있다. 여기서 우리 자신을 인식하게 되는 통찰洞察을 얻는
계기契機가 주어진다. 그러므로 이 자기 인식을 위한 여정旅
程은 비밀스러운 삶, 고독한 삶의 종착역에 다다르는 것이
아니라 진실한 삶을 말하는 성찰省察 · 반성反省 · 재귀再歸적

과정에 있다. 그러한 예를 보여주는 작품들을 이제 살펴보
기로 하자.

   ⅰ) 여기 / 섬의 / 가난한 거리에서 / 나를 기다렸다, 모두들.
     야자나무, 암초는 / 내가 돌아올 것을 / 늘 알고 있었다.
     단지 나만 그것을 몰랐을 뿐. / 그리고, 갑자기
     모든 것이 돌아왔다. 모래에 그어진 / 똑같은 물결,
     나뭇잎 사이의 / 춤추는 소리, 습기.
     비로소, 나는 / 내가 존재했음을 / 느낀다.
     그리고 나의 **삶**이 / 거짓이 아니었음을 / 깨닫는다.
     여기에 집이 있었다. / 바다가, 부재가, / 네가, 사랑이, 내
     곁에.

     삶이여 나를 용서하라. / 나의 수많은 삶을 용서하라.

                    —「실론 섬 앞에서 부르는 노래」, 네루다(고혜선 역)

   ⅱ) 길을 비켜라, 우리의 기도를 위해, 비켜라, 기도하는 이
     들을 위해,
     길을 비켜라, 음악과 기쁨을 위해!
     우리는 **단순함**을 배워,
     여치들의 합창으로 노래를 부른다.

                   —「어느 섬에서의 노래」, 바하만(차경아 역)

   위의 시들은 제목에 나오는 '노래'가 암시하듯이 모두 삶
을 긍정적으로 투시하고 있다. 네루다는 섬으로 다시 귀환한
날부터 존재가 완결完結되었다고 깨닫는다. 살아온 삶을 있

는 그대로 진실하게 받아들이며, 삶 그 자체를 반성하고 있다. 바하만은 성찰을 위한 기도에 의미를 부여한다. '기도하는 이'나 '여치들의 합창'의 이미지가 곧 '단순함'을 나타낸다.

여기서 바하만이 말하는 섬의 여치들은 한때 인간이었다. 그런데 오로지 노래를 부를 수 있기 위해 먹고 마시고 사랑하기를 멈추었다. 그렇게 노래에 몰두하는 동안 여치들은 마르고 작아졌고, 그들의 소리는 자연의 소리로 돌아간 것이다. 이러한 배경을 지닌 여치들의 노래와 기도하는 이들의 염원이 뒤섞여 우리의 삶은 인간의 한계를 넘어서는 방향으로 나아가게 되는 것은 아닐까?

5. 나가며

섬 풍경은 쉼표 없는 파도가 몰아치는 바다 한가운데 솟구친 조그만 뭍이 불러일으키는 이미지이다. 그런데 섬은 인간의 삶을 조건 지우는 환경과 일치한다. 즉, 복중 태아의 상태가 그러하고, 세상에 태어난 인간이 현대의 복잡한 사회에서 살아가는 모습이 또한 이와 유사하다. 따라서 섬에 관한 시(혹은 담론)는 공空 그리고 차연(differance)과 같고 삶을 예찬하는 노래와 같음을 앞서 살펴본 바가 있다.

마지막으로 나는 섬을 노래하는 대중가요를 하나씩 떠올려본다.[1] 나는 술잔에 떠 있는 한 개 섬은 아닌가? 저 넓은

---

1) 필자가 알고 있는 곡은 장사익의 *섬*과 안치환의 *섬*이 있다.

도시 위에, 소외된 영혼들이 숨쉬는 곳에 섬이 있지 아니한
가? 더 늦기 전에 아직 사랑할 수 있을 때에 나는 마음을 열
고서 저마다의 공간을 허물면서 건너가고 싶다. 우리에게
섬은 무엇인가? 누구를 위하여 섬이 존재하는가? 영혼의 눈,
섬은 오늘도 우리를 돌아다보고 있다.

≪자유문학≫ 통권 86호

산책(散策),
그 끊임없는 시공(時空)의 변주

바람이 서늘도 하여 뜰앞에 나섰더니

—「별」, 이병기

푸른 산빛을 깨치고 단풍나무 숲을 향하여 난
작은 길을 걸어서 차마 떨치고 갔습니다.

—「님의 침묵」, 한용운

보행(步行; a walk)은 두 다리로 걸어가거나 걸어오는 것
이고, 소요(逍遙; saunter)는 정한 곳이 없이 슬슬 거닐어 돌
아다니는 것이다. 산책散策 혹은 산보散步는 영어로는 "a pro-
menade"에 해당된다고 볼 수 있는데, 우리말 사전을 보면
바람을 쐬거나 기분 전환하기 위해 비교적 조용한 곳을 한
가롭게 걷는 것으로 정의 되어 있다.[1) 보행이 단지 '걷는' 동

작만을 나타낸다면, 소요는 '시간'에 역점을 둔 것으로 여겨진다. 반면 생각 혹은 걸음을 '가볍게 흩트리는' 산책은 時·空間을 모두 아우르는 표현으로 보아야 한다. 하지만 이것은 필자가 이 글을 전개하기 위해 임의대로 구분한 것에 지나지 않으며, 실제로는 상황에 따라 서로 맞물려 쓰이고 있다.

먼저 이 글의 첫머리에 나오는 인구人口에 회자膾炙하는 두 시구詩句는 모두 다 뜰앞을 거닐거나 길을 걷고 있는 보행의 동작을 나타내고 있다. 그러나 「별」은 달과 별이 바뀌는 시간성 속에서 "저 별은 뉘 별이며 내 별 또한 어느 게오"라는 표현처럼 서정적 사색이 짙고, 「님의 침묵」은 마치 산길을 걸어가는 듯한 구체적인 묘사를 통하여 공간미를 살려내고 있는 작품이다. 시조시인 가람 이병기는 별이 뜨는 자연현상을 잘 관조하여 일상적인 경험을 주관적인 서정으로 천착시키고 있다. 만해 한용운은 님에 대한 다층의 관념을 구체적으로 자연 대상으로 형상화하여 객관화한다. 보행이 '계기'나 '소재'로 작용하기는 하지만 작품 전체의 구도로 보면 일면에 지나지 않는다. 이와 같이 산책을 직접 주제로 한 문학 작품이 그리 많다고 할 수 없을지 모르나 문학은 어떤 형태로든 '산책(소요)의 부산물'이라고 볼 수 있다.

문학은 시·공간을 적재적소適材適所에 잘 재현해 내어야만 훌륭한 작품이 된다. 어떤 여행객이 윌리엄 워즈워드의 하녀에게 그의 주인의 서재를 보여 달라고 했을 때, 하녀는 "여기에는 그 분의 도서관이 있지만, 그분의 서재는 야외에

---

1) 『뉴에이스 국어사전』(운평어문연구소 편, 금성출판사), 1127쪽.

있습니다"라고 대답하였다. 영국 낭만주의 최대 시인의 서재가 실내를 꽉 채운 책이 아닌 수목樹木이 자리한 야외였다는 일화가 우리에게 시사하는 바는 무엇일까? 이 말은 시의 시·공간이 야외를 산책하면서 성찰하는 시인의 시정詩情으로 채워진다는 뜻으로 받아들여도 될 것이다. 그렇다면 고독한 산책자의 주관적 경험을 객관화시켜나가는 창작과정에서 부닥뜨리게 되는 시간과 공간의 여러 양상을 몇몇 시 작품을 통하여 살펴보기로 하자.

우선, 보행 동작에 '속도'를 연관지으면 첫 번째 유형으로 '조깅'과 '한가하게 거닐기'를 떠올려 볼 수 있다. 조깅을 하는 사람은 주변의 것에 대한 관심보다 자신의 호흡과 초시계와 신체 각 기관의 상태에 더 관심을 갖고 있다. 한마디로 조깅은 환자가 정해진 시간에 약 먹는 것과 같은 습관적 운동이다. 건강을 위해 조깅을 하는 사람은 저녁에 아름다운 노을이 져 있어도 속도를 줄여서 그 광경을 온전히 감상하지 못한다. 반면에 한가로이 거니는 것은 시간에 쫓겨 몰리는 법이 없다. 오히려 시간과 조화를 이루면서 자유로움을 찾아 떠나는 가벼운 탐험이다. 따라서 더 이상 긴장감 속에서 경계심을 품은 채 이 세상을 조사·관찰하지 않아도 된다. 그저 눈 앞에 있는 실체 속에 빠져들기만 하면 된다. 다음 두 산책 시는 이러한 특성을 잘 보여주고 있는 대표적인 경우이다.

1) 아름다운 산책은 우체국에 있었습니다
   나에게서 그대에게로 편지는

사나흘을 혼자서 걸어가곤 했지요
그건 발효의 시간이었댔습니다
가는 편지와 받아볼 편지는
우리들 사이에 푸른 강을 흐르게 했고요

―「푸른 곰팡이―산책시 1」, 이문재

2) 게으른 내 산책은 욕망입니다
   길가에 핀 늦가을 싸리나무 마른 이파리처럼
   흔들리고픈 순한 욕망입니다
   하얀 억새와 함께 나부끼며 낮은
   산모롱이 돌아서면
   문득 딴세상인 듯 펼쳐지는 연곡 바다, 그 푸르르
   밀려드는 물굽이는
   혼자 걷는 내 생의 도반(道伴)입니다

―「이렇게 깊습니다」, 고진하

위의 두 시에서 "우체국", "게으른"과 "혼자서", "혼자"라는 중심어를 통하여 산책의 속성이 '느린' 혹은 '한가로운' 것임이 명확하게 드러나고 있다. 몹시 분주한 현대의 일상생활에서 아무런 구속도 받지 않고 자유롭게 천천히 산책하며 조용히 자아를 성찰하는 모습이 이 시들의 중심적인 내용이다. 1)의 시는 편지가 "사나흘" 걸려 배달되는 '발효'의 시간으로 "나"와 "그대"간의 관계가 성숙하게 되었다는 것이다. 2)의 시는 "흔들리고픈" 늦가을, "밀려드는" 바닷가 산책길로 욕망의 인생을 훌쩍 떠나 왔다는 것이다. 이와 같이

산보의 절반은 그 동안 우리들의 발자취를 되밟아 보는 것
이다. 두 시에서 목적지보다는 걸어 온 길, 걷고 있는 길의
산책 그 자체가 더 의미 있어 보인다. 그러나 전자는 '시간
적' 이미지, 후자는 '공간적' 이미지가 주조여서 상호간에 대
조가 뚜렷하다.

　다음으로 보행이 이루어지는 장소인 "길"을 생각하지 않
을 수 없다. 길은 공간을 개간 · 개발하고 확장할 뿐만 아니
라, 그 교점을 통해서 마음과 마음의 교류를 가능하게 해 준
다. 이때 풍경은 소유될 수 없으며, 따라서 산보객은 비교적
자유를 누릴 수 있다. 도시와 시골길은 그 성격이 매우 다르
다. 자연과 문명이 교차하는 공간에서 인간이 맞닥뜨리는
정서 또한 차이가 있다. 대도시일 경우엔 거대한 건물들, 경
적 소리들, 혼잡한 자동차 도로, 혹은 인공적인 푸른 초목,
잔디밭으로 주변 풍경의 일부가 펼쳐질 수 있다. 그러나 우
리가 산책을 할 때, 자연히 들이나 숲으로 나가게 될 때가 많
다. 그렇다면 좋은 산책로는 우리가 사는 곳 근처의 어디로
향방 지워지는 걸까? 아래의 두 시편은 그것에 대한 답을 들
려줄 것이다.

　1) 즐거운 아침에
　　그가 푸른 숲으로 왔을 때
　　그는 즐겁게 지저귀는 새들의 노래를 들었네.

　　내가 마지막으로 여기 있었던 것도
　　아주 오래 된 일이구나,
　　나는 여기서 했던 일을

소리쳐 말하고 싶구나 하고 로빈은 말했네.

―「로빈 훗에 관한 민요」

2) 나는 조용히 거닌다. 두 눈을 가리고, 구두와
   분노를 지니고, 모든 걸 잊어버리며,
   나는 걷는다. 사무실 건물들과 정형외과 의료기구상들 사
   이로,
   그리고 줄에 빨래가 널려 있는 안뜰들 ―
   속옷, 수건, 셔츠들에서 더러운 눈물이 떨어지고 있는
   거길
   지나서.

―「산보」, 네루다

1)의 시는 구전口傳하는 <로빈 훗에 관한 민요>로 인적
이 드문 울창한 숲이 즐비하던 오래 전의 산책을 잘 묘사해
주고 있다. 로빈 훗과 같은 숲의 무법자가 살던 목가牧歌시대
는 자연을 있는 그대로 접할 수 있는 산책로가 널리 펼쳐져
있었을 것이다. 즉, 숲의 생활과 일상적 삶이 그리 다르지 않
았을 것이다. 이와는 달리 2)의 시는 거리를 걸으며 체험하
는 도시에서 낱낱의 사건들에 대한 작가(네루다)의 관점을
어느 정도 느낄 수 있다. 시 내용을 간추려 말하면, 도시 속
의 산책자가 걷는 길은 이제 더 이상 숲과 들길로 이어져 있
지 않다. 그가 매번 걷는 산책로에는 나무 대신 고층 건물,
상점, 그리고 주택들이 다닥다닥 들어서 있다. 도시의 소비
적인 삶이 추하게 그 모습을 드러내고 있는 것이다. 종합하

면, 전자에는 '야성'이 있고, 후자에는 '도시'가 있는데, 두 작
품 모두 다 "우울한" 도시를 떠나고 있으며 "즐거운" 야성
속으로 철수하고 있는 것으로 관찰되어 진다.

원래 "saunter"의 어원은 "중세中世에 나라를 배회하면서
성지聖地로 간다는 구실 밑에 동정을 구하던 게으른 사람들"
을 지칭하던 말이다. 당시 어린애들은 "저기 Sainte-Terrer가
간다", 다시 말해서 성지로 가는 사람, 곧 빈둥거리는 사람
이 간다고 소리쳤던 것이다. "줄곧 집안에 가만히 앉아 있
는" 단순한 게으름뱅이나 부랑자와는 달리 "걸어서 성지로
가는" 사람은 좋은 뜻에서의 빈둥거리는 사람이었다.

미국의 초월주의자 H. D. 소로우는 산보를 "언제나 마음
속에 있는 은둔자 피터2)의 설교를 듣고 이 성지로 전진하여
성지를 이교도의 손으로부터 재탈환하는 일종의 성전聖戰"3)
이라고 말한 바 있다. 그 의미는 옛 기사단이 가졌던 기사답
고 영웅적인 정신이 이제는 걸어서 돌아다니는 '보행자'에게
살아 있고, 침전되어 있다는 것이다. 그러므로 끈기 있고 끝
없는 불멸의 모험을 하겠다는 자유인의 정신으로 산보를 나
갈 준비를 하여야 한다고 그가 강조하는 것은 결코 지나친
과장이 아니다. 이와 같은 진지함이 가득 배어있는 시의 예
를 아래에 한 편 들어보기로 한다.

참으로 기꺼운 일이다. / 강아지를 뒤딸리고 /

---

2) 프랑스의 은자(隱者)로서 제1차 십자군의 설교사(1050~1115).
3) H. D. 소로우, 「산보」, 『시민의 반항』(황문수 역, 범우문고, vol. 75, 1990),
   86쪽.

어린 것 앞세워 나들이 가는 일. /
아이는 새를 어깨에 무등 태우고 신바람나서, /
길을 가다 날개 달린 달구지라도 / 만날 것이다. /
물가 바윗돌 물새 母子 정답다. / 나는 신발 끈을 조이며 /
앞으로 가야 할 길을 걱정하지만, / 아이는 신발을 벗어 /
수부룩히 꽃을 담는다… / 자, 일어서서 다시 가자. /
나무들이 등 뒤에 꼭꼭 숨겼다가 /
조금씩 꺼내주는 푸른 잎사귀 같은 / 길을 밟고….

－「나들이」, 이준관

이준관의 위의 시는 "앞으로 가야 할 길"을 걱정하는 어른과 나들이에 신명난 동심의 세계가 어울려져 궁극적으로 자연에 합일하는 경지에 이르고 있다. 최근 환경 위기에 대한 관심이 새롭게 부각되고 있다. 근대 이성의 탈주로 위험사회가 도래했다. 이제 더 이상 지금과 같은 '경쟁'과 '속도'로는 지구의 보존은 물론 인류의 생존까지도 위협이 됨을 '지탱 가능한' 개발이란 용어가 잘 설명해준다. 근대 문명에 대한 성찰적, 반성적, 재귀적 태도가 필요하다. 그러기 위해서는 우리 모두 조용히 자기를 되돌아보는, 혹은 근대 문명의 발자취를 거슬러 돌이켜보는 경쾌하고 때로는 장중한 '본격적인' 산책의 시간을 가질 필요가 있다. 산책은 우리들의 시공時空 세계에 대한 '거리'를 두면서 참된 '매듭'을 짓기 위한 끊임없는 조종弔鐘을 울려줄 것이다.

≪제3의 문학≫ 통권 6호

사물(事物) 보기의 시학:
『흘겨 보기와 예쁘게 보기』에 대해
—이유식 론

"동무여 이제 나는 바로 보마
事物과 事物의 生理와
事物의 數量과 限度와
事物의 愚昧와 事物의 명철성을

그리고 나는 죽을 것이다"

가. 위의 시는 김수영의 「孔子의 生活難」의 일부이다. 이 시는 '사물事物'을 보는 것에 대한 명확한 관점觀點을 보여준다. 우선 사물이란 사전적 의미로 세계에 객관적으로 존재하는 일체의 물체와 현상이다.[1] 그런데 김수영에게 사물을 바로 보는 것은 '생리生理'와 '수량數量'과 '한도限度'와 '우매愚

---

1)『국어사전』(운평어문연구소 편, 금성출판사, 2001), 1090쪽에서 인용.

昧' 그리고 '명철성'을 제대로 직시直視하는 것이다. 우리의 삶을 구성하는 다양한 모습들은 사실 이러한 용어들로 관찰觀察이 가능하다. 그리고 시공간視空間적으로 유한한 인간에게 이 내용은 모두 주관적으로 수용되어질 수밖에 없다.

나는 이유식의 평론에 바로 '사물 보기'의 이러저러한 양상樣相이 다채롭게 드러나고 있음을 살필 수 있었다. 지금까지 나온 그의 평론집의 제목2)만 살펴보아도 이러한 사실은 분명하다. 첫 평론집에 나오는 '위상位相'은 '사물의 생리'에 해당되고, 두, 세 번째 평론집의 '높이'와 '넓이' 그리고 '오늘'과 '내일'은 '사물의 수량과 한도'와 견주어 볼 수 있고, 네 번째 평론집의 '흘겨'와 '예쁘게'는 '사물의 우매'에, 그리고 마지막 평론집의 '전망'은 '사물의 명철성'에 그대로 적용시켜 생각해 볼 수 있다.

나. 이유식은 1961년 ≪현대문학≫을 통해 평론가로 등단한 이후 본격적인 '현장' 비평가로서 정평이 나있다. 즉, 그는 여러 문학 모임 등에 주제 발표자로 우리 문단의 현황現況을 진단하는 대표적 '중진' 평론가이며, 다른 한편에서는 그가 처음 주창主唱한 '경평론'을 통하여 서평, 월평, 평설, 칼럼 등과 같은 상대적으로 짧고 경쾌한 글로 새로운 문학 현장을 30여 년이라는 오랜 시간동안 아무런 흔들림 없이

---

2) 이유식의 평론집으로는 『한국소설의 위상』(이우, 1982), 『우리문학의 높이와 넓이』(교음사, 1994), 『오늘과 내일의 우리문학』(박이정, 1996), 『흘겨 보기와 예쁘게 보기』(박이정, 1997), 『한국문학의 전망과 새로운 세기』(국학자료원, 2002)가 있다.

지켜온 노련한 '야전' 비평가이기도 하다. 사실 그는 '수필식' 평론3)을 중심으로 '해설' 평론을 많이 한 특이한 전범典範을 이루고 있는데, 그의 네 번째 평론집으로 간행된『흘겨 보기와 예쁘게 보기』는 이러한 성격이 가장 두드러진다. 그런 만큼 이 '소설 비평집'은 문학 칼럼, 소설 월평, 소설 평설 등의 비평적 산문으로 엮어져 있다.

그렇다면 이 이색적인 '경평론'집에서 '본다'는 것은 어떠한 것을 상정想定하고 있는 것일까? 필자의 생각으로는 그것은 '읽기' 혹은 '독서 행위讀書行爲'의 다른 명칭으로 보여진다. 문학 평론가에게 있어 세상을 들여다보는 창구는 나날이 새롭게 발표되어 세간世間에 회자膾炙되는 문학 작품이다. 그는 하나의 미세한 돌기를 놓치지 않고 끄집어내어 사회·역사적인 배경을 부각시키고, 마침내는 구체적으로 '문제 틀'을 형성하여 문학사의 한 시대를 조망해 내는 것이다. 이 경우 특히 동시대의 비평가로서 그는 몇 사람을 제외하고는 거의가 '중견' 아니면 '신인급' 작가를 주목한다. 작품을 선정하는 기준에 있어 '치우치지 않는' 선별 과정과 한 작품을 두고 '자세히' 읽기 그리고 작품을 평가할 때조차도 좋고 나쁨의 어느 한쪽에 치우치지 않는 '중립적' 입장을 견지해 온 그의 비평적 '읽기' 혹은 '보기'는 그의 또 다른 장점으로 자리잡아왔다.

---

3) 이유식은 수필에서 '중수필'과 '경수필'로 나누는 것과 같이, 평론에서도 '중평론'과 '경평론'으로 구분하여 그의 평론 활동을 구체화하고 있다. 그러므로 '경평론' 혹은 '수필식 평론'이란 그의 용어를 그대로 쓰기로 한다.

다. 평론집의 제1부는 '문학 칼럼' 모음으로 80년대 후반
부터 90년대 초반까지의 '문단'과 '문학 현상'들에 대한 문제
점들을 날카롭게 지적하고 있다. 여기서 간과할 수 없는 중
요한 사실로서 이유식의 개인사적인 이력履歷을 간단히 살
펴보면, 그는 상당히 '변방'에 위치해 있었지만 이 시대에 꽤
나 성공을 거둔(?) '이방인'에 속한다는 것이다. 그러므로 그
는 그 어느 비평가보다도 '주변부'적인 입장을 정확하게 '이
해'하고 있고, 또한 그러한 상황을 적확하게 '대변'할 수 있
는 대표적인 지성인이 될 수 있는 것이다. 그가 아웃사이더
로서 '문단 권력'의 안과 밖을 동시에 드나들면서 끊임없이
'중심'을 무너뜨리는 비평을 해오고 있는 것도 바로 이 때문
이다.

이유식의 이러한 문제의식은 「푸로메테우스적 인간형」 혹
은 「아웃사이더적 인간상」에 깊은 성찰을 보였던 등단시절
로까지 거슬러 올라갈 수 있다.4) 그의 '부정적' 혹은 '회의적'
태도는 이후 80년대에 와서 '신군부' 독재시대의 비극을 소
설에 있어서의 '죽음'과 '아이러니'에 대한 기법의 문제와 관
련하여 연구를 진척시킨 바 있고,5) 포스트모더니즘 논쟁이
한창 진행 중이던 90년대에 이르러 '문학 권력'에 있어서의
소수자를 옹호하는 미시적 언술행위로 이제 그 정점에 서게
된 것이다. 다시 말해 그가 열변을 토하는 쟁점의 핵심은 문

---

4) 이유식은 1961년 ≪현대문학≫에 「현대적 시인형」, 「푸로메테우스적 인
　간상」이 추천되어 문단에 등단하였고, 그 후 「아웃사이더적 인간상-윤
　동주론(1963)」 등의 작가론을 발표한 바 있다.
5) 이것과 관련한 그의 대표적인 글로는 「20년대 소설의 죽음의 결말
　(1981)」과 「한국 소설과 아이러니 양상(1981)」을 들 수 있다.

단의 '권위주의'에 대한 이성적 '합리성'의 도출導出로 요약
할 수 있다. 그는 '차이'가 '차별'로 이어지는 국면이라면 주
저 않고 '중재'에 나선다. 특히 '제도'의 잘못된 관행에 대한
그의 비판적 목소리는 중앙과 지방문단의 차별화 문제, 특
정대학 출신 평론가 그룹의 밀어주고 끌어주는 할거주의,
문학상 시상의 문제점 등에서 여실히 드러나고 있다.

이와는 좀 다르지만 이유식은 문단의 선후배와 여성작가
그리고 해외 동포문학과 민족문학과 같은 '관계적' 문제도
대등하게 다루고 있다. 즉, '바람직스런' 선후배 관계를 회복
하기 위해서는 '문단가족'이 서로 '배려'하는 문화를 회복하
여야 한다고 역설하고 있는 한편 60년대 한국 대표 여성작
가의 작품을 토대로 해방 전후를 살아온 여성의 일대기를
애정을 갖고 힘주어 말한 것이나, '문학의 해'를 맞이하여 한
민족 문학을 바라보는 그의 태도가 통일문학 혹은 새로운
민족문학에 대한 전망으로 그려지고 있는 것 등은 결코 소
홀히 넘길 부분이 아니다. 뿐만 아니라 최근의 문학 형식상
의 문제, 즉 시문법 자체를 이탈하는 시단현상, 문인들의 장
르 넘나들기와 바꾸기, 노벨상을 준비하기 위한 한국 문학
의 세계화 문제에 관한 우려도 매우 설득력이 있다. 아울러
신서정시 시대의 도래 그리고 소설과 수필에 대한 '장르적'
단상들도 가볍게 경청할 만하다.

라. 제2부는 70년대에서 80년대에 이르는 '화제작'에 대
한 소설 '월평'이고, 제3부는 문학전집류에 수록된 14인 작
가의 '문제작'들에 대한 '평설'을 모아 놓은 것이다. 이유식

은 이미 70년대부터 작가론 위주의 소설비평을 지양하고 한국 현대 작가들의 작품을 형식주의적 측면에서 다각도로 분석해왔다.[6] 그러므로 그의 평론은 '이론'이나 '논리'보다는 자신의 '엄격한' 기준에 의한 '분석'이 위주이다.

이유식의 '실제' 비평에서 '흘겨'와 '예쁘게'가 차지하는 '시각적' 척도는 매우 중요하다. 이 상반된 두 낱말은 선과 악 혹은 장점과 단점과 같은 '이분법'적인 어법을 갖는 것이 아니다. 오히려 이 두 가지 '매혹적' 잣대를 동시에 적용함으로써 역동적이고 상호 보완적인 비평적 접근 태도를 보여주는 것이 된다. 아직 한국 문학사에서 그 '위상'이 정립되지 않은 작가나 '정전화' 되지 않은 작품을 다루는 '동시대' 비평에 있어 이유식의 이러한 중용적인 자세는 매우 실효를 거둔 것으로 평가된다. 물론 그는 작품의 장단점을 냉철히 분석하는 수단으로 '흘겨 보기'와 '예쁘게 보기'를 '병행'하여 실제 비평에 임하고 있음이 주지의 사실이다. 그러나 필자는 그의 의도와는 다르게 화제작을 '월평'하는 방법적 태도가 흘겨 보기요, '정전화' 되어 가는 문제작을 '평설'하는 작업이 예쁘게 보기라는 '원근법적'인 투시를 해보기로 한다.

먼저 '흘겨 본다'는 것은 일차적인 의미로 눈동자를 한쪽 끝으로 돌려 못마땅하게 본다는 것이다. 하지만 이 속에는 본질적이면서도 그러나 날카로운 비평 정신이 숨어 있다. 이 평론집에는 대략 1백여 명이 넘는 작가의 작품들이 언급되고 있는데, 그 중 상당수가 지금 한국 문학의 대표작가 혹

---

6) 정신재, 「해석적 비평의 큰 족적―이유식론」, 『전환기의 새로운 길찾기』 (박이정, 1998), 320쪽 참조.

은 작품으로 자리매김 되어 있음을 고려해 보면, 이 '흘겨 보기'를 통한 제대로 된 '선별'과 올바른 '평가'의 과정이 얼마나 중요한 것인지 다시 한번 짐작할 수 있다. 여기서 이유식의 '월평'에 대한 확고부동한 기준을 소개하면 다음과 같다.

(1) 월평은 심층적 접근이 중요하므로 인사치례식으로 여러 작품을 언급하는 것은 바람직하지 않으며, 나아가 읽지 않는 작품까지도 읽는 것처럼 말하는 태도는 버려야 한다.

(2) 장점만을 이야기하는 주례사식 월평 태도를 지양하고 단점을 구체적으로 드러내는 동시에 독자를 위한 상세한 해석까지 포함해야 한다. 따라서 작품을 꼼꼼하게 읽는 것은 필수적이다.

(3) 유명 작가들 – 중견이나 대가급의 평론가들에 의해 검증된 – 만을 대상으로 작품을 선정해서는 안 되며, 작품의 완성도가 선별의 일차적 기준이 되어야 한다. 그래야 신인작가들을 발굴해서 키워 줄 수 있으며, 나아가 문단 발전에도 기여할 수 있을 것이다.

(4) 월평자의 기호나 문학관에 얽매여 작품을 선정할 경우 작품 선택의 폭이 지나치게 좁아질 수밖에 없으므로 작품성, 문학성에 근거한 선별작업이 이루어져야 한다.[7]

위에서 살필 수 있는 것처럼 이유식의 월평 태도는 첫째 평론가는 정직한 태도로 비평에 임해야 하고, 둘째 평론가는 작품을 자세히 읽어야만 하며, 셋째 평론가는 작품성, 문학성에 근거해서 작품 선별을 엄밀히 해야 한다는 것으로

---

7) 염철, 「산문집 성격 띤 경평론집의 시도–『흘겨 보기와 예쁘게 보기』에 대해」, 앞의 책, 308쪽에서 재인용.

대충 요약할 수 있다. 이와 같은 철저한 비평정신에서 우러
난 소설 월평은 그의 의도대로 독자에게는 안내나 길잡이의
역할을, 소설을 쓰고자 하는 사람들에게는 창작 실기론으
로, 문학 연구가에게는 소설사의 공시적·통시적 자료로 읽
히기에 조금도 부족함이 없다.

  50편에 달하는 소설 월평에 나타나는 이유식의 관심사는
크게 보아 소설 형식의 문제, 미의식, 사회의식, 그리고 분단
문학과 농촌소설 등으로 나누어 생각할 수 있다. 첫째, 소설
'형식면'에 있어서 그는 우선 한문투와 부자연스런 표현을
피할 것, 문장의 문법과 말의 어법을 지킬 것, 그리고 결말
처리의 문제 등을 세밀하게 지적하고 있다. 상징, 아이러니,
서정과 풍자, 1인칭 시점의 문제 그리고 또한 창작방법과 작
가정신을 빼놓지 않고 심도 있게 다루고 있다. 그 중에서 안
장환의 중편소설 <사육>을 평한 「<사육>과 창작방법의
성찰」이나 박양하의 <월하도>를 평한 「결말 처리의 재고」
와 같은 글들은 창작 실기론을 배우고 싶어하는 사람들에게
필독을 권하고 싶다. 둘째, 그가 다루는 '미적'인 것으로는,
문체와 구성이 가져다주는 '상쾌미'와 '경쾌미', 주제에 의한
'비극미', '흥'과 '한', 그리고 '꼬집음'의 미학 등을 들 수 있
다. 셋째로 '사회문제'에 관해서는 부조리한 사회에서의 고
독, 희생, 저항, 죽음, 죄책, 허위, 불안정성 등을 다루었다.
한편 자기반성, 진실한 삶의 각성, 현재와 과거의 삶의 모습
들과 심리 추구 등도 다루고 있어 사회와 개인간의 갈등뿐
만이 아니라 문제 해결을 위한 다각도의 접근을 시도하려
한 것 같다. 마지막으로 8·15 해방과 전쟁 그리고 분단 상

황의 문제와 기타 농촌소설, 신문소설 등도 취급하고 있다.

소설 평설에서는 14인 작가의 문제작을 찾아 '예쁘게 보기'의 방법으로 참신한 해석을 시도하고 있다. 이들 중에는 오늘날 가장 영향력 있는 작가로 분류되는 전상국, 오인문, 김용운, 신상웅, 이동하, 현기영 등이 포함되어 있다. 전집에 실린 해설들은 독자들에게 예쁘게(?) 보여야 하므로 평이한 문체로 이루어져 있지만 날카로운 분석력을 또한 곁들이고 있어 이들 중진작가의 정전화에 어느 정도 기여한 것으로 보여지기도 한다.

마. 지금까지 살펴본 바와 같이 이유식의 비평은 한마디로 한 완벽주의자의 '문지기'와도 같은 철저한 현장 비평임을 알 수 있었다. 그는 이러한 공덕이 인정되어 2002년 12월 30일 영광의 '한국문학상'을 수상하였다. 이제 그는 배화여대에서 교수 정년이 다 되어 후학들에게 새로운 길을 열어주려 하고 있다. 그가 30여 년의 한국 평단을 굳건히 지켜온 것만큼, 우리 비평사의 지평이 그만큼 확장되었고, 오늘과 내일의 우리 문학사가 다시 쓰여질 수 있는 토대도 또한 굳건해졌다. 전환기에서의 새로운 길을 개척해온 이유식의 평론은 마침내 한국 문학의 기념비가 될 것이 틀림없다.

≪반세기 한국문학의 도정≫에 수록

시혼(詩魂)에서 깨어나는 감성(感性): 신세훈의 『비에뜨 · 남 葉書』를 중심으로

눈으로 보는 **교향곡**이 있다.
귀로 듣는 **그림**이 있다.

–「전방에서 들려오는 소리」 中에서

그러나 그러나 <비에뜨 · 꽁>은 **없다**.
그러나 그러나 <비에뜨 · 꽁>은 **있다**.

–「그러나 삐에뜨 · 꽁」 中에서

1. 머리말

우리에게 전쟁은 다시 '거리가 먼 이야기'가 아니다. '친일

지식인'과 '개발 독재'의 면제부 논란이 그칠 날이 없었던 한국 근대사에서 '식민지'와 '동족상쟁'이라는 뼈아픈 과거의 '흔적'은 불식되어지지 않고 있다. 나라 안에서는 '촛불시위'와 '북한 핵문제'로 주한미군의 이중적 역할이 또다시 불거져 나와 마찰을 빚고 있다. 이와 더불어 그 어느 때보다 관심을 끄는 한반도 통일이 남·북한 당사자를 떠난 주변 강대국의 논리로 대체된다면 분명 평화적 방법으로 문제 해결이 힘들 것이라는 우려도 제기되고 있다. 하지만 미국은 '9·11 테러' 이후 전쟁불사의 강경한 태도로 주변국의 긴장을 고조시키고 있다.

이 순간 우리가 나라 밖 '파병'의 문제로 자유로울 수 없는 까닭은 무엇인가? 우리는 '혁명'과 '전쟁'시인들을 기억하고 있다. 무엇보다도 정의감에 불타는 열정의 인간성을 지닌 그들은 '모랄'로 무장하고 '온몸'으로 역사에 참여한다. 그들의 전기와 문학이 주는 '벅찬 감동'은 바로 그 고귀한 정신과 체험의 산물이다. 그렇다면 정치적 고려와 시대적 요청의 일치된 기대 속에서 우리의 선택은 어떠해야만 하는가?

여기 약 40년 전에 한국의 한 육군 소위가 비에뜨·남의 치열한 전선에서 쓴 시집 『비에뜨·남 葉書』[1]가 있다. 백철은 서문序文에서 그를 "현대적인 한국의 바이론 경"이란 찬사를 아끼지 않았다. 신세훈은 약관으로 1962년 조선일보

---

1) 이 시집은 동명의 제목으로 1965년 토픽출판사에서 출판되었으나 지금은 절판되었다. 그러나 《문학과 창작》(2003년 3월호, 191~225쪽)의 <다시 읽는 대표시인 명시집>에서 84번째로 선정되어 시집 전편이 재수록 되었다. 앞으로 본문의 모든 인용은 이 책을 따른다.

신춘문예에 당선시인이 된 뒤 얼마 되지 않아 월남으로 파병되었다. 인간 이성이 만들어낸 황폐한 전쟁터에서 그는 시인의 시혼詩魂에서 깨어나는 감각을 체험한다. 참전군인으로서 몸소 겪는 감성이 눈, 귀, 후각을 새로이 가지게 한 것이다. 그리고 그 지각되어지는 형태의 존재를 젊은 시인의 생생한 말로 '진술'하고 있다. 한마디로 말해 전쟁의 참담한 경험을 통하여 조그만 세계의 '서툰' 인식에서 벗어날 수 있었고, 시인으로서 더 큰 '아름다운' 세계로의 통로를 열고 인류의 보편적 진실을 알리게 되었다. 이 과정에서 시인의 자아自我가 확장되어 심미적 인간으로 거듭나게 된다.

그가 전쟁에서 살아남아 지금 한국문단의 수장으로서 이념의 극단에 치닫지 않는 균형감각으로 '해방공간으로 가는 문학'을 위해 혼신의 노력을 경주하고 있다. 부분을 종합하여 커다란 전체를 조망하는 장편 서사시적인 세계로 나아가는 그의 후기後期 시의 씨앗이 바로 이 첫 시집에 알알이 뿌려져 있다. 그러므로 필자는 젊은 날의 자화상이기도 한 그의 초기 '전쟁시'에 나타난 지난날 전쟁의 '흔적'을 살펴보는 것을 이 글의 목표로 삼기로 한다.

2. 눈: 이성의 극화

눈감은 사자死者는 침묵한다. 그러나 살아남은 사람은 그 뜬눈으로 보았던 생생한 기억들을 되살려낼 수 있다. 인간

이성은 바로 그러한 비참한 기억들에 대하여 면면히 귀를
기울이지 않았던 것이 사실이지만, 그러나 시간이 어지간히
흐르면 하나, 둘 들려오는 부인할 수 없는 진실들에 의하여
항상 새로이 역사를 기술할 수밖에 없었던 것이다. 그러므
로 인류에게는 그 어떠한 가치보다도 법 앞에 평등한 인간
의 존엄성이 가장 중요하다 할 수 있다.

베트남의 근대사도 그 일례—例에 속한다. 중국, 일본, 그
리고 프랑스의 혹독한 식민통치를 겪어오면서 베트남은 '민
족'의 사활을 건 간단없는 전쟁의 소용돌이 속에서 '대지'와
'민중' 특히 '여자'는 가만히 앉아서 불행을 강요당했다. "남
자들의 행위", 곧 가부장적 질서의 극단인 '전쟁' 그 자체로
인하여 이 땅의 수많은 힘없는 생명들은 "생활의 핏방울"을
흘리고 살아야 했던 것이다. 그러면 "대지의 숲"과 "여자의
꽃밭"이 일찍이 싸움터가 되어온 역사적 비극을 월남참전
시인의 눈에는 어떻게 투영되고 있는지 다음의 시를 살펴
보자.

마로니에 꽃그늘에 앉아서
귤 껍질을 까며
불란서 제 이세와 인사를 나누었네.
그의 얼굴에는 전쟁이 꽃으로만 피어 있었고
그의 입술은 쓸어진 한국병사의 상처 보다 더 붉었다.
그의 **눈동자**는 「빵카」의 총안보다 더 깊은 곳에 박혀 있어
그 「캬리바 50」 총구보다 더 크고 검었다.
그 총구 끝에 식민지시절의 「비에뜨 · 남」하늘이 어리어
있고

그 잔인하던 불란서군의 강탈이 머리 속에 남아 있지만
그러나 나와 그는 악수로서 국제인사를 나누었네.

―「마로니에 꽃그늘에 앉아서」中에서

위의 시에서 나(시인)와 그(불란서 제 이세)가 "악수"로 첫 대면의 인사를 나누지만 시인은 한 민족의 지나온 수십 년의 수난사를 본능적으로 직시하고 있음을 알 수 있다. 식민지시절 불란서군의 강탈을 채 털기도 전에 또 다른 제국들("국제인사")이 그들의 희생을 부추기고 있었던 것이다. 알지도 못하는 타자他者의 순진한 눈을 들여다보면서 느끼는 시인의 첫인상은 매우 정확하다. 그의 얼굴, 입술, 눈동자는 '적'이 아니라 '피해자'의 그것이었다. 시인이 본 '고통의 눈'은 이제 시인 자신의 눈으로 바뀌져 전쟁의 "꽃" 혹은 참상을 실제로 체험하게 되는 것이다.

그러나 전쟁은 인간의 '측은지심惻隱之心'을 쉽사리 허용하지 않는다. 시인의 양심에 의한 휴머니즘도 조국이 쥐어준 총 한 자루로 여지없이 해체되고 만다. "야포소리"가 들려오고 "화약 냄새"가 나는 전장에서 시인에게 주어진 단 하나의 역할은 총을 쏘는 것이다. 시인은 현실이 냉혹하게 규정하는 이성의 판단을 따른다. 그러나 아래의 시에서와 같이 이성이 도구화되는 현장을 낱낱이 찾아내어 고발하고 있는 것이다.

지금 이순간 중요한 것은
가름자를 조정하는 일이다.
접근하는 목표물에 **정조준**하는 일이다.
숨을 멈추고 방아쇠를 당기는 일에 열중하면.
옛날의 아름다움과 미래의 허영은 아득하여지고
비에뜨·꽁 지휘자의 심장이 찢어진다.
국가의 명령이다.
……
죽음은 삶의 뒤안길처럼 매혹적이다.
남의 아버지와
남의 남편과
남의 애인을
남의 국민을
사상이 다르다는 그 이유 하나로
내가 먼저 죽여 놓아야 하는 일이다.

이 지루한 전쟁이 끝난 다음
나의 할 일은, **가늠구멍**을 닦듯,
안경알이나 닦는 일이다.

―「지금 참으로 중요한 것은」 中에서

이상의 시구詩句를 보면 절체절명絶體絶命의 위기 상황이
내리는 명령도 '옛날'과 '미래'의 '친밀한' 혹은 '낯선' 시간에
서는 다른 의미로 와 닿을 수 있음을 시인은 직관적으로 예
리하게 감지感知하고 있다. 전쟁시 국가가 명령한 정조준을
아무도 거역할 수 없다. 그러나 단지 사상의 차이가 죽음을
낳는 가혹한 현실은 반드시 시차를 둔 역사적인 조명이 기

다리고 있는 것이다. 그러므로 "지루한"이나 "안경알"에서 보듯이 시인의 '회의적'이고도 '성찰적'인 태도를 그의 다른 시에서도 자주 발견할 수 있다. '군인'이면서 또한 '시인'이기에 가질 수 있는 이러한 심미적 거리는 어쩌면 시인이 태어난 고국에서 체험한 동질적 역사의식이 가져오는 무의식적 고백일 수도 있다.

그러면 시인이 "울엄매"를 떠올리며 바라보는 "전쟁의 빛갈" 혹은 참전의 진상은 어떠한가? 시인의 군복 주머니에는 고향에서 기다리는 약혼녀의 사진과 시가 되다 말은 원고나 부랭이가 들어있다. 하지만 전쟁으로 혹사당한 고된 몸이어도 시인은 "보랏빛 설움"으로 피멍든 월남 처녀들을 왠지 지나칠 수 없다. 왜냐하면 명분 없는 이 전쟁도 역시 죄 없는 여성들을 '생활'과 '어린애'라는 이중의 질곡으로 고통받게 했기 때문일 것이다. 다음의 시는 월남전쟁의 그러한 면모를 살필 수 있게 하는 한 대목이다.

식탁 위에 놓여 나온 화약 냄새나는 월남사과 빛일까.
이와 흡사하다. 내 시와 전쟁의 **빛갈**은.
잠시 나를 괴롭힐 뿐이지
한국의 사건들 같이 오래 나를 괴롭히지 않는다.

정조준을 하다가
기억에서 찾아낸 내 두줄의 시,
사랑하는 사람의 어머니의 속살빛과
속살 깊은 곳의 피같은 미소.
아지랑이처럼 어지러운 빛이다.

이와 흡사하다. 월남전쟁은.

—「월남전쟁의 빛갈」中에서

　시인이 감성으로 빚어 낸 시의 소재는 당연히 월남전쟁이다. 그 어지러운 전쟁 속에서 시인은 "피같은" 여인들의 고통을 본다. 그 고통은 고국의 어머니를 떠올리게 한다. 즉, 시인에게 있어 월남여인들의 "몸향기"는 바로 어머니 냄새와 다를 바가 없다. 따라서 시인은 자신의 경험을 빗대 이 세상 모든 어머니의 삶을 "슬픈 생활의 자양"이라고 일반화하였고, 어떤 전쟁도 "어머니를 울리지 않는다"는 모성의 위대함을 재발견하기에 이른 것이다. 이와 같이 시의 눈동자 속으로 들어온 월남여성의 세밀화 혹은 사실화가 진정 또 인류를 울리기에 충분하지 않을까?

3. 말: 감성의 육화(감각화)

　말과 글은 다르다. 감정을 듬뿍 담을 수 있는 말이 감성적이라면 철저한 논리로 수사修辭를 뽑내는 글은 이성적이다. 시는 글에 속하지만 '입말'로 하는 시라면 좀 더 생생한 생활 현실을 살려 낼 수 있다. 다시 말해 말하듯 들려주는 '이야기시'는 사색적인 서정시와 아주 다르다. 무엇보다도 『비에뜨남 葉書』는 입말로 쓴 이야기시로 지금 일어나고 있는 '현장성'을 잃지 않아서 그 무엇보다도 '울림'이 강하다. 이와 같이 시인은 리얼리즘적인 시적 기법을 동원하여 '감각'을 사실적으로 살려내는데 성공하고 있다.

그러고 보면 이 시집의 제목에 '엽서'라는 단어가 들어가는 것도 결코 우연이라 할 수 없다. 시인은 전장에서 틈틈이 고향을 떠올리며 끊임없이 고국의 사랑하는 사람들에게 '구어口語'로 글쓰기를 한다. 그 구어에는 시인의 말과 정신이 들어 있다. 그러므로 시인은 '사투리'와 '모국어'를 "암어"로 생각하며 생사를 건 이국異國의 전쟁을 수행하는 것이다. 열대의 밀림에서 무전기의 안테나를 타고 사랑하는 모국어가 흐르면 시인은 그 속삭임에 자신도 모르게 답을 하고 있는 것이다.

그러나 시인은 '말하기'를 되풀이하지만 메아리도 울려오지 않는 '독백'으로 그치고 만다. 아래의 시는 이러한 말(언어)의 본질에 대해 언급되고 있는 핵심 부분이다.

대기권 밖에서 공방전을 벌리다가 지친
나의 전중의 언어는 다시 귀국한다.
보잘 것 없는 노획물을 싸가지고 와 자수한다.
위성의 궁녀를 거느리고 자전하며
유성처럼 돌아와 내 귓바퀴를 공전하다.
세대의 낙오자 되어야, 전쟁의 포로가 되어야,
어느 먼 무인도의 해변 바위틈에 내려서
언어처럼 껍질을 벗어서는 썩히고
노란 싹이 되어 올라온다.

해조음에 젖은 바다기슭의 꽃나무로 크다가
방사광선으로 꽃잎이 아픔으로 터져
상한 언어의 딸들의 자궁은 붉게 붉게 익어간다.
밤이 걷힌후 산홋빛이 부끄럽다.

−「전중의 언어」中에서

위의 시에서처럼 침묵 속에서도 '언어'는 '상황'의 의미를 가진다. 그 언어의 씨앗이 오랜 시간을 견디고 싹터서 열매를 맺는다. 단어가 모여 문장이 되듯, 단순한 '감정'의 표현들이 '생각'으로 '사상'으로 의미를 구축해나간다. 이런저런 언어의 '상상'이 시·공간을 훌쩍 넘어버리고, '현실'의 말이 또 말을 낳는 언어의 "산홋빛" 번식성에 시인도 사뭇 부끄럽지 않을 수 없었던 것이다. 우리 속담에도 "말이 씨가 된다"는 말이 있다. 시인은 '말들의 상처'들이 엄청난 결과로 되돌아오는 순환의 고리를 서서히 깨달아가고 있다.

마침내 시인은 '눈'과 '귀'로 보고 들으면서 동전의 양면과 같이 '빛'과 '그림자'로 달리 깨어나는 감각을 터득한다. 즉, 언어의 관념이 작용하는 '겉옷'과 같은 의미와 몸의 고통으로 언어의 상처가 감지되는 '속옷'과 같은 의미를 동시에 이해하게 된 것이다. 이제 시인은 이목구비耳目口鼻를 모두 새롭게 갖추었다. 그래서 '눈'으로도 '교향곡'을 들을 수 있고, '귀'로 듣는 '이미지'를 그려볼 수 있게 된 것이다. 비로소 시인은 전방에서 들려오는 포성소리를 들으면서 '생生의 현재성'을 자각하게 되었음을 아래의 시에서 실토하고 있다.

그 속에 젊은 내피의 숨소리도 섞이어, 60년대의 바람을
일으키고,
　내 고마운 땀구멍에서 땀 나오는 은밀한 노래도 섞여,
　윤나는 털의 **감성**의 날끝으로 눈동자를 모으고
　육신의 불타는 내부를 지구 밖으로 발산한다.
　야합의 극칫점을 향하여 시의 분비물을 흘려 말리는 향
기의
　소리도 섞이어, 나와 너희들은 있게 한다.
　하늘과 땅 사이에 존재할지니,
　소녀가 가꾸다 죽은 그 꽃일지라도 노래의 현재 위치로,
　옛날과 여기까지 영원히 있게 하는, 영원히 있게 하는.

－「전방에서 들려 오는 소리」 中에서

　위의 시에서 시인은 '감성의 날끝'로 동서고금東西古今 그
리고 하늘과 땅 사이의 모든 것에 새로운 의미를 부여하고
있음을 알 수 있다. 따라서 모든 감각을 자유롭게 느낄 수
있게 된 시인은 삶과 죽음을 초월한 노래(혹은 시)로 육신을
넘어 영혼과도 대화를 나누는 것이 가능할 수 있게 되는 것
이다.
　그렇다면 이상理想을 꿈꾸는 시인이 죽음의 포화 속에서
인간의 탐욕스러운 욕망을 벗어날 수 있는 '비상 탈출구'는
무엇이란 말인가? 현실에서 생로병사의 고통은 "생활", "돈"
그리고 "전쟁"의 모습으로 늘 이 곳에 뿌리내리고 있었고,
시인도 마찬가지로 그 가까이에서 "죽어가는 병사의 성기"
를 보았고, 또 "장송곡"을 들어야만 했다. 그러나 오늘도 "뱃
속에 든 아이"는 어머니의 젖을 빨기 위해 "대지 위"로 나온

다. 대지가 모든 생명을 품어주었듯 어머니는 "어린애"를 돌본다. 진정 이 지상의 전쟁 그리고 "지루한" 삶까지도 그 끝이 없단 뜻인가?

지상의 모든 이들에게 시인의 언어는 '행복'을 주어야 한다. 시인은 그들에게 해방의 언어로 '자유'를 주어야 하는 것이다. 그러므로 시인의 시속에 나타난 '해탈' 혹은 '탈속'(세상을 이해하고 또 넘어서려는)의 비밀이 구체적으로 무엇인지 궁금하지 않을 수 없다. 드디어 시인은 인생을 달관한 것처럼 최종적으로 죽음과 맞서며 "마지막 말" 혹은 "유언"의 형태로 지상의 축복을 빈다. 그 시인의 말을 다음 시들에서 찾을 수 있다.

1) 죽어가는 나에게는 인간보다 바람과 햇빛과
   물과 흙이 더 친절하다.
   한 알갱이의 반짝이는 먼지, 신의 세포여.
   바람을 뚫고 달려오는 햇빛 속의 물안개 한 방울,
   신의 눈물이여.

                        −「단 오초간의 생명을 다오」中에서

2) 이제 나의 식민지 생활과 전원을
   떠나가서, 먼먼 지평선상에 외로이 서서,
   들과 바다와 구름과 같이 해방하라.
   거기 내가 있고, 내 이웃이 있고 빵이 있다.
   나의 가난을 내가 알지니
   나의 식사는 곧 네가 들어라.

한국적인 아세아의 가난은 풀릴길이 없다.
지구의 나뭇가지 위에 아침새가 와서 지저귈 때.
내 이웃.
나처럼 되지 말고
나처럼 나처럼 되지 말고
나처럼 나처럼 나처럼 앓다가 문을 두드리지 말고,
…… 진실한 시 한편을 쓰고 오라.

─「남양에서 남기는 유언」中에서

　위의 시들은 시인의 전망展望을 담고 있는 '비장한' 구절들이다. 1)에서 시인은 살아서 알지 못했던 죽음 너머의 세계를 넘본다. "바람", "햇빛", "물" 그리고 "흙"은 생명의 필수 조건들이다. 그러나 생활 속에서 그것들은 부차적인 것으로 다루어져 왔다. 한때 "눈물 없는 세상"을 꿈꾼 바 있었던 시인도 "신의 눈물"이 바로 그것들("바람을 뚫고 달려오는 햇빛 속의 물안개 한 방울, 신의 눈물이여.")로 이루어 진 것임을 깨닫고 탄식하기에 이른 것이다. 이와는 달리 2)에서 시인은 자기만의 세계에서 해방된다. 시인은 자신의 식사를 이웃에게 베푼다. 그리고 나와 이웃의 관계도 "진실한 시 한편"으로 새로이 설정하려 한다.
　앞에서 살펴보았듯이 '자기 안에 가두어진 자아' 그리고 '생활 속에 구속되는 자아'는 참된 자유를 누릴 수 없다. 오직 "소금기가 진한" 눈물만이, 그것이 신이든 어머니의 것이든 상관없이 전 인류를 구원할 수 있을지도 모른다. 머나먼 탐색을 막 끝내고 자연의 풍경에 몸을 담은 시인은 마침내

온갖 고통을 다 잊고 고국의 울엄매를 그리워하는 소박한
자연인으로 돌아와 있다.

4. 결말: 뿌리로 돌아가며

『비에뜨·남 葉書』는 우리나라에서 보기 드문 '전쟁시'에
속한다. 더욱이 그 소재가 '해외파병'과 관련된 것이어서 당
시는 물론 지금도 신선한 충격을 던져주고 있다. 전쟁의 상
황은 인간의 이성을 마비시키고, 그 고통으로 새로운 감각
에 눈뜨게 한다. 시인이 구어로 쓴 엽서葉書도 단순한 전쟁의
기록을 전하려는 것이 아니었다. 그는 몸으로 체득한 입말
을 살려 형용하기 힘든 모든 사실을 생생하게 되살려낸다.
이 때 사투리와 모국어는 시인의 정서를 순화시키는 여과장
치이다. 그러므로 시인은 토착적인 정서와 시어로 '글쓰기'
를 실천하며 자아 탐색을 떠나는 것이다.
　무엇보다도 신세훈의 전쟁시는 인간 이성에 반하는 것으
로 감성적이고도 성찰적인 것이 많았다. 사실 시인이 시로
소통하고자 하는 것은 결코 이성·지식·권력이 아니다. 그
러므로 그는 정의롭지 못한 전쟁의 파괴적인 폭력을 이제
더 이상 좌시坐視하지 않는다. 그는 '돌아가야 한다'는 당위
성을 깨닫고 고향의 어머니를 그리워하며 아래와 같이 울부
짖고 있다.

울엄매 울엄매야/남국 여인 품에 안겨/고운잠 들고 싶네.
꼬꼬 달기 우난 대신/은은한 야포소리여.

－「고국의 울엄매 그리버서」 中에서

울엄매나 남국여인이나 모두 같은 인간이다. 평화시 "고운 잠"을 깨우는 수탉 대신 지금은 야포소리가 우리들의 양심을 조롱하고 있다. 언제나 역사 속에서 그 누가 전범이었던가? 전쟁과 평화는 동전의 양면과도 같다. 우리도 한때 평화를 빼앗기었던 적이 있었건만, 지금 남의 땅을 밟고 있는 까닭은 또 무엇 때문인가? 누구를 위한 전쟁이길래……. 그 전쟁이 그치지 않는 한 이 무섭고도 잔인한 여름에 지상에서 잠든 모든 시인들은 영원토록 깨어나지 못할 것만 같다.

≪자유문학≫ 통권 52호

이양지의『유희』론

모국어(母國語)라는 말 속에는
어머니(母)와 나라(國)와 말(語)이 있다.
어머니와 나라와 말로부터
단절되어 있다고 스스로에게 타일렀던 반년간
나는 상처 입지 않고
현실 속을 걸어다니고 있었다.
나에겐 시를 쓸 필요가
거의 없었다.

—「모국어」, 이이지마 코오이찌

1. 들어가며

　재일 한국인 문학은 "일본에 살고 있는 한국인이 쓴 문학"
이다. 이 말은 현존하는 재일 한국인 문학이 "본국에서 받아들이지 못한 존재 조건과 함께 일본에서도 그대로 받아들이지 못한 존재성"을 가지고 있다는 것을 시사한다. 이와 같은 양쪽에서 받아들이지 못한 존재성 위에 성립된 문학이 곧 재일 한국인 문학이며, 그 존재성이 그들 문학의 출발점임을 아래의 글은 여실히 보여주고 있다.[1]

> 재일 교포 문학이란 일본 사회에서 우리 교포들이 쓴 문학을 가리키는 말로서 그 정의와 범위에 대하여는 아직도 논란의 여지가 많은 일반화되지 않은 명칭이다. 해방 전 장혁주, 김사량 등에 의해 일본어로 발표된 작품은 일본 문학의 일부분으로 여겨져 왔으며 해방 후에 일부에서 조선 문학의 일환으로 조선어에 의한 창작활동으로 계속되어 왔다. 조선어에 의한 문학 활동은 지금도 일부에서 계속되고 있으나, 일반적으로는 일본어에 의한 조선인의 문학 활동을 의미하는 재일 조선인 문학으로 널리 알려져 왔다.[2]

위 인용을 살펴보면 재일 한국인 문학은 "단순히 한국문학과 개념이 다를 수밖에 없는" 존재조건, 즉 "일본이란 환경과 언어적으로도 문화적으로도 밀접한 관계 아래 성립한 문학 형태"임을 알 수 있다. 다시 말해 "문학어로서의 일본어"를 사용하고 있다고는 하나 전통적인 일본문학과의 차이점(이질감)으로 "한국적인 것"에 굳건히 뿌리박고 있음을 확인시켜주고 있다.

---

1) 사에구사, 「재일 한국인문학이란 무엇이며, 어디에서 어디까지 갈 것인가」, 『사에구사 교수의 한국문학 연구』(베틀 · 북, 2000), 520~529쪽.
2) 이한창, 「재일 교포 문학 연구」, ≪외국문학≫(1994년 겨울호), 78쪽.

　　재일 한국인 문학을 '세대별'로 나누어 민족의 주체성을 논하기도 하고, '시대별'로 구분하여 조국의 사회성과 연계시켜 문학성을 논하는 경우도 있다.[3] 양자 모두 작가와 작품을 오가며 조국에 대한 향수와 민족적 주체성을 중심으로 논하고 있다. 또한 최효선은 '유형별'로 분류하여 민족파(김달수, 김석범, 김시종), 실존파(장혁주, 이회성), 융합파(정승박), 고뇌파(김학영, 이양지, 유미리)로 범주화하고 있다.[4]

　　이양지 문학을 논할 때 위의 구분을 적용하면, 그녀는 재일 한국인 2세대 작가이면서 '고뇌파'에 속한다. 즉, 이양지는 2세대 작가로 분류되지만 여성작가이어선지 민족적 주체성에 대한 접근 방법에서 뚜렷한 '차이'가 있다. 예컨대 김학영 문학이 현세대 입장에서 전세대인 아버지의 폭력과 조국에 대한 애증을 폭넓게 그렸고, 이회성 문학이 식민지 조국을 무대로 민족의식을 밀도 있게 그렸는데 비해, 이양지 문학은 조국과 민족보다는 현세대 자신들의 정신적 고뇌를 개인 혁명을 통해 치유하려는 보다 근본적인 해결책을 찾는 데 고심했다고 할 수 있다. 따라서 그것은 자기로부터의 혁명, 즉 개아 의식을 통하여 재일의 실존적 의미를 추구하려는 것으로 해석할 수 있다. 이러한 특징은 한국인 3세대가 공통적으로 보여주는 '문학성'이기도 하다.

---

3) 유숙자는 『재일 한국인 문학연구』(월인, 2000)에서 1세대, 2세대, 3세대 문학으로 나누어 그 문학성을 논하였고, 이한창은 「재일 교포 문학」, ≪외국문학≫(1994년 겨울호)에서 시대별로 초창기, 저항과 전향 문학기, 민족 현실 문학기, 사회 고발 문학기, 주체성 탐색 문학기로 나누어 문학성을 논하고 있다.
4) 최효선, 『재일 동포 문학연구』(문예림, 2002).

이양지는 1990년 10월 26일 한일문화교류기금 초청 강연회에서 「나에게 있어서의 모국과 일본」5)이란 글을 발표한다. 그녀는 재일동포 2세로서 "민족성이나 몸에 흐르는 피, 또한 정신적 주체성, 즉 아이덴티티Identity의 근거"에 대해서 다음과 같은 사항을 모색하고 있었음을 천명하고 있다.

* 재일 동포에게 있어서 **모국**이란 무엇이며 어떻게 인식되어야 하는가?
* 또한 **자라온 나라**이며 동시에 가족, 형제가 사는 일본을 어떻게 인식해야 하는가?
* **모국어(母國語)**란?
* **모어(母語)**란?
* 두 나라 사이에 사는 자로서의 **정신적 주체성**은 어디에 근거를 두고 확립될 수 있는가?
* 보다 **보편적인 삶**에 대한 지향은 가능한가?
* 만약 가능하다면 어떠한 **실천**을 통해서인가?

이양지는 이상과 같은 의문의 와중 속에서 10년간의 한국 유학생활을 지속해 왔고, 그러한 하나의 단계적 결론으로 <유희>6)가 쓰여졌다고 고백하고 있다. 그렇다면 2년에 걸쳐 완성한 <유희>의 과제들과 탐구과정, 그 결실의 내용들을 일목요연하게 더듬어보는 것이 이 글의 목적이 되어야 할 것이다.

위의 내용을 다시 정리해보면 최우선적으로 "모국"과 "자

---

5) 이 글은 이양지, 『돌의 소리』(삼신각, 1992)에 실려 있다.
6) 이양지, 『유희』(삼신각, 1988). 이후 이 책에 준하여 인용하기로 한다.

라난 나라" 그리고 "모국어"와 "모어"의 식별이 중요함을 알 수 있다. 그 다음으로 정신적 주체성의 문제와 보편적인 삶의 실천을 천착해 보아야 하는 과제를 검토해보아야 한다. 그러므로 본 발표문은 이양지의 대표작으로 꼽히는 <유희>를 중심으로 먼저 "자라난 나라"와 "모어"의 정체성 '갈등' 문제와 "모국"과 "모국어"의 정체성 '혼란' 양상의 관계를 조명해보기로 한다. 그런 다음에야 '있는 그대로 받아들이기'를 통한 보편적 삶의 실천을 논할 수 있을 것으로 보인다.

2. "자라난 나라"와 "모어"의 정체성 '갈등' 문제

이양지는 1955년 3월 15일, 이두호와 오영희의 장녀로 출생했다. 1940년 제주도에서 일본으로 건너가 생활기반을 다진 이양지의 부친은 그녀가 아홉 살 때 일본으로 귀화했다. 그녀는 야마나시현의 후지산 아래 전형적인 시골동네에서 태어나, 주변에 한국사람이 거의 없는 탓에 자신이 한국인임을 못 느낀 채 어린시절을 보냈다. 즉, 그녀가 자라난 나라는 일본이었고 모어7)는 일본어이었다. 그러나 조선인이라는 이유로 모욕을 당한 경험이 없지만 왠지 조선인이라는 사실이 부정적으로 받아들여지기 시작했고, 일본국적을 가졌다는 사실이 정신적으로 전혀 도움이 되지 않았다 한다.

이양지의 작품들은 전반적으로 그녀의 한국 유학 중에 쓰

---

7) 국어사전에 의하면 모어는 "유아기에 최초로 습득한 언어"를 말한다.

여겼으며 또한 유학생을 주인공으로 한 소설이라는 특징을 갖고 있다. 그 주인공들은 대부분 일본에서 민족 차별 및 가정파탄 등과 관련하여 심각한 '문제'를 갖고 있다는 공통성을 갖고 있다. 이것들이 이양지가 재일 한국인으로서 갖고 있었던 문제의 일부임과 동시에 그녀가 한국 유학 속에서 행한 자기 탐구 작업의 한 동기로서 작용하고 있는 것은 분명해 보인다.

이양지 문학의 주인공들이 한국행을 선택하게 된 동기는 두 가지로 요약될 수 있는 듯하다. 하나는, "한국에 안 가면 죽어버릴 것 같아요. 일본에서 도망치는 거예요. 이젠 모두가 넌더리가 나요. 일본은…"(<나비타령>, 335쪽)과 같은 도피적 동기, 두 번째는 한국 음악과 춤을 배우고 싶다는 그녀의 적극적인 의지, 즉 진짜 한국인이 되고 싶다는 의지, 이 두 가지이다.

이렇게 해서 <유희>에서는 유학 생활을 하게 된 여주인공이 등장하게 된다. 그러나 그녀는 자신이 한국인이 되어야 한다는 의지를 갖고 유학 생활에 임하나, 문화 충격 속에서 '갈등'을 겪게 된다. 일본에서 장기 거주해 온 인간의 눈으로 보는 서울 문화의 이색적인 모습들이 <유희>에서는 매연, 거친 인심, 획일적인 표어 문화, 내성이 결여된 정치 우선주의, 저급한 위생 수준, 외국제 물건에 약한 속물주의 등의 예로 표현되어 있다. 이 작품 속에서 유희는 때로 일본을 그리워하며 '재일인으로서의 우월감'을 느끼기도 한다.

문제는 재일 한국인이 갖고 있었던 정체성의 '위기'가 한국에 왔다고 해서, 즉 한국인이 되려고 노력한다고 해서 쉽게 극복·해소될 수 있는 것이 아니라는 사실이다. 그 한 예가 유희가 일본의 그것에 필적한다고 할 수 없으나 한국인들로부터 분명한 형태로 '민족 차별'을 받고 있는 자신의 존재를 느끼는 데서 찾을 수 있다.

<유희>의 주요 등장인물은 화자인 '나'와 숙모, 그리고 유희를 포함하여 모두 셋이다. 작품은 지난 6개월 간 함께 지냈던 유희가 남긴 채취를 화자인 '나'와 숙모가 음미해보는 형식을 취하고 있다. 그런데 유희를 떠나보낸 이후의 '나'의 유희에 대한 회상, 숙모의 유희에 대한 회상, 그리고 유희가 남긴 3백장이나 되는 두툼한 갈색 봉투의 글씨는 궁극적으로는 '소통'의 합일을 지향하고 있음을 간과해서는 안 된다.

<유희> 속에 나오는 언니도, 아주머니도, 그리고 유희도 모두가 저 자신의 분신입니다. 저는 이제야 본국인의 마음이나 입장을 조금이라도 이해할 수 있게 되었으며, 또한 이해해 나가는 길이야 말로 재일동포인 저 자신의 모습을 객관화하며 부각시킬 수 있는 길임을 깨닫게 된 것입니다.

―「나에게 있어서의 모국과 일본」, 211쪽

나와 딸도 그런 양반한테 알게 모르게 영향을 받았던 거지. 도저히 일본인은 좋아지지 않을 것 같단 생각이었지. 딸도 제2외국어로 일본어는 절대 선택하지 않았다구. 그래서인지 모르겠는데 왠지 유희를 이해할 수 있을 것 같아. 무척 서글픈 일이지만 남의 일 같지가 않아. 언젠가 곰곰이 생각해 보았는데, 우리 주인 양반과 유희는 선후배 관계이고 어떤 인연에서인지 그녀가 함께 살게 되었는데, 한 사람은 일

본을 수용하지 못하고 한 사람은 한국을 수용하지 못하는 거
야. 그러면서도 같은 동포라니 이게 무슨 조화냐 싶더라구.
(중략) 난, 유희한테는 말하지 않았지만 내심 응원하고 있었
어. 조금만 더 참아보라고. 지금의 괴로운 심정만 극복하면
앞으로는 문제가 없을 거라고. 한국이나 일본이나 다를 게
없다고. 인간이 어떻게 살고 자신이 어떻게 살아가는냐를 지
켜보는 것이 중요하다고 말이야. 그렇게 지켜보게 될 때까지
조금만 더 견디어보라고 항상 유희를 응원했었다니까.

-<유희>, 77~78쪽

앞의 인용에서 이양지는 "저 자신의 분신"이라는 말을 통
하여 상호간 입장의 "이해"를 강조하고 있다. 그리고 그 해
법으로 주체의 "객관화"를 제시하고 있음을 확인할 수 있다.
뒤의 인용에서 '재일 조선인 문학'에서 '재일 문학'으로 옮겨
가는 '이전'의 문제를 정확하게 지적하고 있다. 물론 출생지
에 따라 그 양상은 "한 사람(재일 조선인문학의 경우)은 일
본을 수용하지 못하고 한 사람(재일문학의 경우)은 한국을
수용하지 못"하는 것으로 나타난다. 그러나 인간(삶)의 본질
은 근본적으로 다를 수 없다. 지난날의 체험을 바탕으로 새
로운 인식에 다다를 수 있었던 숙모는 "같은 동포"로써 "항
상 유희를 응원"하고 있었음을 고백하고 있다. '나'와 숙모의
'대화' 혹은 '나'의 과거로의 피이드백을 통한 깨달음으로 점
차 상호간의 입장의 차이가 좁혀지면서 이 작품이 노정하는
재일 한국인의 정체성의 '갈등'문제는 그 긴장을 누그러뜨릴
수 있는 가닥이 잡혀가고 있다 할 것이다.

3. "모국"과 "모국어"의 정체성 '혼란' 양상

일본에서 태어나 성장한 재일 2, 3세대에게 모국8)이 외국이나 다름없는 것처럼, 모국어9)인 한국어는 거의 외국어에 가깝다.10) 여기에서 현세대는 모국과 모국 아닌 모국(일본) 사이에서 한계 아닌 한계에 부딪쳐 자신들의 해방구를 찾아 새로운 고민을 할 수밖에 없다. 이것은 현세대의 민족적 주체성 문제가 한국이냐 일본이냐, 한국인이냐 일본인이냐, '모

---

 8) 국어사전에 의하면 모국은 "조상 때부터 살아 왔고 자기가 태어났으나 현재는 그 국적에 속해 있지 않은 나라"를 말한다.

 9) 국어사전에서 모국어는 "자기 나라의 말. 특히, 외국에 살고 있는 교포가 모국의 말을 이르는 말"로 규정하고 있다.

10) 이양지, 「나에게 있어서의 모국과 일본」, 앞의 책, 243~244쪽에서는 다음과 같은 내용이 소개되어 있다.

저는 …국문과에서의 유학생활을 통해…인간에게 있어서의 모국어와 또한 모어라는 것은 무엇인가라는 문제를 저 자신의 존재, 즉 실존의 문제와 직결되어 있는 심각한 과제로 생각하게 되었고, 자신의 모습을 한국어의 바다에서 헤매는 조난자처럼 여길 수밖에 없는 나날을 보냈다고 할 수 있습니다. 저에게는 우선적 명분으로 하루빨리 한국인이 되어야 하며, 내 몸에 배여 있는 일본적인 모든 면을 청산하면서 한국을 이해하고 한국말을 구사할 수 있게 되어야 한다는 의무감이 있었습니다. … 그러나 그러한 명분 내지 의무감은 현실과 실체에 있어서의 저 자신의 모습에 의해 배반되어질 수밖에 없었습니다. ─참으로 **모어, 즉 어렸을 때부터 어머니한테서 듣고 배운 언어라는 것은 마치 폭격적이라고 할 수 있을 만큼 인간의 사고를 지배하며 존재를 좌우하게 된다는 사실**을, 역설적이지만 모국에 와서, 특히 모국어의 바다와 같은 국문과에 들어와서 실감한 것입니다.

명분상, 또한 관념상으로는 한국어는 모국어이며, 저의 아이덴티티의 중심에 위치해야만 하는 언어임은 틀림이 없습니다. 그러나 실제로는 모국어인 한국어는 어디까지나 외국어이며 이국의 언어로밖에는 받아들일 수밖에 없었습니다.

국어'냐 '모어'냐고 하는 이분적적 사고로는 문제의 본질에
접근할 수 없음을 시사한다. 그렇다면 재일 현세대의 방황
과 고뇌, 즉 조국과 자신들 사이에 가로놓인 '벽' 앞에서 느
끼는 이방인 의식 혹은 피해의식은 극복될 수 없는 것인가?
사실, 재일 현세대는 언젠가는 조국과 자신들 사이에 얽혀
있는 고리를 해체해야만 하고, 그것을 걷어내지 못하면 진
정한 의미에서의 인간적 보편성에 입각한 자유로운 삶이란
담보되기 어렵다. 아마도 작가(이양지)의 조국 체험은 이와
같은 '재일'적 상황의 타개를 위한 구체적 행동이라는 점에
서 문제적이라 하지 않을 수 없다.

이양지 문학에서 재일 현세대의 자기 찾기 작업은 처녀작
<나비타령>에서 마지막 완성작 <유희>에 이르기까지 계
속된다. 이러한 작업은 일본에서는 가정불화와 이방인 의식
에서 탈출을 모색하는 형태로 나타나며 조국에서는 자신들
내면의 일본적 정서가 조국의 품으로 녹아들지 못하는 '벽'
을 넘어 보자는 형태로 나타난다. 전통 '가락'은 그러한 현세
대의 정신적 갈등의 한 복판에 자리한 매개체라고 해야 할
것이다. 이른바 현세대는 전통 '가락' 수업을 통하여 일본은
물론 조국과 민족에도 당당해질 수 있는 것으로 생각하고
조국행을 결정하였던 것이다.

> 어두운 하늘에 나무들이 조그만 명암을 달고 으슥하게 우
> 거진 잎을 흔들고 있었다. (중략) 가야금 산조의 선율이 되살
> 아난다. 굽은 왼쪽 손가락에 힘을 주어 현을 누르자 계면조
> 의 미묘한 소리가 무릎 위에서 스며나왔다. 하지만 누르는

방법이 부족하다고 생각을 고친다. 뚱따뚱따, 뚱따당 따당—
선율을 쫓고 있던 내 눈에 하얀 나비가 비쳤다. 어둠 속에 하
얀 나비가 날고 있다. 나비는 확실히 어두운 단층 속을 비상
하고 있었다. 나는 일어나서 나비 쪽을 향해 걸었다. 눈깜짝
할 사이, 그러자 나비는 멀리 어둠 속으로 사라지고, 다시 작
게 그 모습을 나타냈다. 눈물의 윤곽이 희미해지자 나비는
훨훨 크게 날아 올랐다. 문득 나비가 보이지 않는다고 느꼈
을 때 나는 마쓰모또에게 안겨 있었다. (중략) "선생님, 나비
가, 나비가…. 하얀 나비가 저기서 날로 있어요." (중략) "난
한국으로 갈 생각이에요."

—<나비타령>, 334쪽

위 장면은 가야금 산조에 맞춰 추는 살풀이춤을 연상시키
기에 족하다. 하얀 나비는 살풀이춤에 사용하는 하얀 수건
의 움직임을 은유한 것이다. 한은 가장 한국적인 슬픔의 정
서다. 작품에는 "일본인에게 피살당한다"(<나비타령>, 312
쪽)는 극심한 재일 피해의식과 부모의 이혼소송, 오빠의 죽
음이 계속 서사로 진행된다. 그런데 예술성이 높은 전통음
악 중에서 한의 표현에 가장 가까운 성악곡에는 판소리, 기
악곡에는 산조이다. 이양지가 가야금을 통해 모국을 실감하
게 된 것은, 가야금 산조의 선율에 용해되어 있는 한의 정서
에 대한 교감을 통해서라고 할 수 있다. 그러니까 작가에게
전통 무용은 가야금과 마찬가지로 민족 의식을 뒷받침하는
존재이면서 동시에 작가 자신을 해방시킬 수 있는 유일한
안식처였다고 말할 수 있는데, 이것은 곧 전통 무용이 과거
의 불행과 현재 느낄 수밖에 없는 '일본의 소리'와 '조국의

소리'의 마찰음을 긍정적으로 승화시킬 수 있는 수단으로
필요했던 절대적인 영역임을 대변하는 것으로 보인다. 그리
하여 이양지의 한국행은 박귀희의 가야금 병창과 김숙자의
살풀이춤과의 만남을 실제로 가능하게 하였다.[11]

그러나 전통 '가락'을 통하여 완전한 조국의 한 일원이 될
수 있을 것으로 생각했던 현세대(유희)는 점차 '조국의 소리'
를 듣게 되면서 그러한 자신들의 생각이 잘못되었음을 깨닫
게 된다. 그것은 현세대가 조국에서 전통 '가락'을 접하면서
'가락' 속에 스며 있는 정신적 소리에 귀 기울일 수 없는 자
신들 내면의 '일본의 소리'를 간과하고 있었기 때문이다. 이
모든 갈등 중에서 이양지가 가장 중심적으로 삼고 있는 것
은 언어와 관련된 갈등이다.

모국 유학을 와서 국문과를 다닌 이양지에게 모국어 체험
은 남달리 민감하고 보다 구체적인 양상으로 작품 속에서
제시되어 있다. 모국어이긴 하나 거의 외국어에 가까운 한
국말의 후천적 습득은 이미 감성과 사고체계를 지배하고 있
는 일본어와의 충돌을 불가피하게 만든다. 모국어를 익혀
한국을 이해하고 한국인이 되고자 하는 명분과 이상은, 모
어가 지닌 폭력성에 휘둘려지는 자신의 현실과 실체 앞에서
무기력할 뿐이다. 더욱이 일본어로 소설을 발표하는 작가의
입장에서, 이양지는 유학생활을 통해 인간과 언어라는 본질
적인 의미를 자신의 실존적 상황과 직결되는 심각한 과제로
생각하고 있었던 것으로 보인다.

<유희>에는 재일 2세인 주인공이 모국에 와 모국어를

---

11) 이양지, 「나에게 있어서의 모국과 일본」, 앞의 책, 226~235쪽.

습득하면서 문화적 차이에서 오는 충돌과 더불어 겪는 언어
와의 갈등이 극명하게 묘사되고 있다. 무엇보다도 이 작품
은 그 형식면에서 기존의 이양지 소설과 다른 '시점'의 선택
에 관심이 집중되고 있다. 이전의 소설에서는 주인공이 재
일 2세인 작가 자신의 분신으로 묘사된 데 비해, <유희>에
는 모국에 유학하러 왔다가 적응하지 못하고 돌아가는 재일
교포 여학생 유희의 모습이, 그녀가 하숙했던 집의 언니와
숙모의 회상을 통해 묘사된다.

　이유희는 재일한국인 2세로 S대학의 국문과 3학년에 재
학 중이다. 문제는 모국어를 대하는 유희의 태도가 매우 독
특한데서 기인한다. 학생들은 "어용문학자라고 싫어하는 것
같은데 나는 그에 대해서 복잡한 마음"을 갖고 있다며 이광
수를 두둔하던 유희, 어느 날 한밤중에 음악을 켜놓고 술을
마시며 '우리나라'라는 글씨를 써 놓고 울고 있던 유희, 대금
소리가 우리나라 소리라며 좋아하면서도 배우려 하지 않던
유희, 한글을 창제한 세종대왕은 존경하지만 지금 한국에서
사용하고 있는 한글은 싫다던 유희, 시험이 있을 때나 레포
트를 쓸 때를 제외하곤 한글을 쓰지도 읽지도 않는 유희는
시험공부를 거의 암기에 의존한다. '나'와 책상을 사러 외출
했다가 탄 버스 안에서 듣게 되는 한국어를 유희는 견딜 수
없어 한다. 이 장면은 유희와 모국어와의 좁혀질 수 없는 거
리를 여과 없이 보여주고 있어 의미심장하다 할 것이다.

　　운전수가 라디오 볼륨을 올렸다. 남녀 아나운서가 프로그
　램에 보내온 엽서를 읽고 그 내용에 대해 약간 이야기를 나

누고 신청곡이 흘러나오기 시작한다. 그러고 보니 유희는 눈을 감은 채 얼굴을 숙이고 입술을 세게 깨물고 있었다. 뭔가를 필사적으로 견디고 있는 것 같았다. (중략) 타고 있는 승객에 섞여 물건 파는 남자가 올라 타, 입구 근처의 우리가 앉은 좌석 바로 앞에서 설명을 하기 시작했다. 남자는 흔들리는 버스 안의 좌석을 휘둘러보면서 손에 든 상품인 휴대용 작은 나이프를 쳐들고 독특한 어조와 억양으로 계속 떠들어 댔다. (중략) 조금씩 고개를 숙이며 이를 악물고 있던 유희가 돌연 푹 하고 머리를 무릎 위에 떨어뜨리고 양손으로 귀를 막았다. 나는 유희의 등을 덮어씌우듯 어깨를 감싸 안고 세게 귀를 틀어막고 있는 손을 잡았다. ─유희, 괜찮아? 유희. 나는 필사적이었다. 통로에 있는 승객들이 모두 보고 있다고 생각했지만, 사람들의 시선을 의식하고 있을 여유가 없었다. 유희는 소리내어 울고 있었다.

─〈유희〉, 46~49쪽

위에 나오는 버스 안에서 물건을 파는 행상인의 한국말 억양은 유희의 귀에 매우 낯설고 거북하게 들렸음을 짐작할 수 있다. 이처럼 유희의 우리말에 대한 거부감의 그 이면에는 문화적 차이에서 오는 부적응이 깊이 자리 잡고 있다. 언어를 비롯한 유희의 생활 습관이나 감각은, 이미 일본어와 일본의 생활에 편안함을 느끼고 순응하게 된 일본인 쪽에 더 가깝다. 유희가 괴로워하는 문제는, 그녀 자신이 직접 쓴 대로 우리나라를 사랑할 수 없다는 데에 있다. 따라서 이러한 자신이 이 나라를 우리나라로 쓴다는 것은 자신이 위선자, 거짓말쟁이와 다름 아닌 것이 된다. 다시 말해 유희의 고통은 모국을 우리나라로서 받아들이기 힘들다는 '사실'에 있으며, 우리나라를 다만 '이 나라'라고 밖에 부를 수 없다는 '감각'에 있는 것이다.

유희는 모어(일본어)와 모국어(한국말) 사이에서 갈등하면서 '말의 지팡이'를 찾지 못한 채 일본으로 돌아간다. 그렇다면 그것은 결국 재일의 실존적 의미에서 근본적인 실마리를 찾은 것이 아니라는 반문에 부딪칠 수 있다. 그러나 여기에서 우리는 유희의 마음을 엿볼 수 있는 "448쪽 짜리 두툼한 봉투"를 확인하지 않을 수 없다.

글씨가 숨을 쉬고 있었다. (중략) 유희가 쓰는 한국어와 일본어 두 종류의 글씨는 양쪽 모두 익숙하게 쓴다는 인상을 주었고, (중략) 날짜도 없고, 여기저기 한두 줄씩 띄어 쓰고 있었는데 표정의 변화가 그때그때의 유희 자신의 마음의 변화를 상상시키듯 선명했다. 어떤 부분과 글자는 울면서 썼다는 생각을 갖게 하고, 어떤 부분과 글자는 초초해 하고 노하기도 하고, 때로는 유희가 이따금씩 드러내 보이던 갓난애 같은 표정과 응석어린 목소리를 느끼게 하는 것도 있었다. 유희는 이러한 일본어를 쓰면서 일본어 글자 속에 자신을, 자신의 내면에서 남에게 보이고 싶지 않은 부분을 아무런 눈치도 거리낌도 없이 몽땅 드러내 놓고 있다는 생각이 자꾸만 들었다.

－<유희>, 52~53쪽

이처럼 화자인 '나'는 봉투의 내용이 일본어로 쓰여 있어 구체적인 내용을 파악할 수 없지만 신체로 파고드는 느낌으로 그 내용을 충분히 짐작할 수 있다. 즉, 조국에서 유학하면서 우리나라에 대한 낯설음과 서운함, 동포들에 대한 따뜻함과 야속함, 조국과 일본을 번갈아 떠올리며 현세대 자신들이 재일의 '불우성'을 탓할 수밖에 없는 현실 등, 이른바 모어와 모국어의 조율 과정에서 생기는 "마찰음"이 적혀 있었을 것으로 추측할 수 있다.

결론적으로 조국과 일본 사이에서 등거리 삶을 살 수밖에 없는 현세대의 감상이 유희가 남긴 '흔적'이었다고 한다면 '나'와 숙모의 대화의 창은 그 감상이 구체화된 예라고 할 수 있다. 왜냐하면 유희가 남긴 복잡한 심경을 남은 두 인물이 대화를 통해 풀어냄으로서 작품은 인물 상호간의 '분산'이 아닌 '동화'로 이어졌고, 그것이 곧 남은 자와 떠난 자의 거리감을 좁히는 결과를 낳았다고 할 수 있기 때문이다. 이른바 '나'의 유희에 대한 부족한 이해가 숙모와의 대화를 통해 충족되고, 그 일치점이 다시금 화자인 '나'를 통해 유희의 의식으로 되살아나는 형식을 통하여, 처음 각자 출발한 셋은 셋이 아닌 하나로 거듭난다고 말할 수 있을 것이다.

4. 후지산과 '조국': 있는 그대로 받아들이기

앞에서 살펴보았듯이 <유희>는 "재일동포가 갖는 모순과 갈등의 여러 가지"를 개인적인 문제로만 보지 않고 재일 전체의 문제로 승화시켜, 정신적 '아이덴티티의 중립선'을 새롭게 설정하자는 측면에서 쓴 작품이다. 다시 말해 일본이냐 조국이냐가 아닌, 보다 근본적인 인간의 실존적인 측면이 다루어지면서 유희를 모국 아닌 모국으로 되돌려보내는 극적 아이러니를 낳았고, 그것이 유희로 하여금 역으로 '일본의 소리'와 '조국의 소리'를 각자 그것대로 들을 수 있는 "있는 그대로 받아들이는 용기와 삶에 대한 자세"12)를 자각케 했다고 말할 수 있을 것이다. 이른바 '의식의 지팡이'를 찾았다는 표현이 어울릴 것 같다.

이양지는 유희에게 결여되어 있었던 것 중에 "현실을 있는 그대로 받아들이고 허용하는 용기와 힘"이 없었다고 한 적이 있다. 그리고 이양지는 이 용어를 사용하여 자신의 한국 생활 전반을 정리한다. 그녀는 '사물을 그 자체로 또는 있는 그대로 볼 수 있는 힘과 눈'이라는 관점을 강조한다. 그리고 자신의 한국 유학 생활의 결실이며 자신의 삶의 질을 격상시킨 것이었다고 밝히고 있다.

'있는 그대로 받아들이는 용기와 삶에 대한 자세' 바로 이것이야말로 제가 모국과의 만남을 통해 모국에서 배워 얻은 가장 귀중한 것이었습니다.

−251~252쪽

<유희>를 완성하고 나서 저는 이제야 특별한 사랑도 미움도 없이 **있는 그대로의 모습으로** 후지산과 마주볼 수 있을 것이라는 자신을 갖게 되었습니다.

−256쪽

---

12) 이양지, 앞의 글, 248~257쪽.

이상의 내용대로라면 이양지의 새로운 사상의 핵심과 그 유용성을 입증하는 데 필요한 핵심적인 용어가 바로 '있는 그대로 받아들이기'이다. 과연 '사물을 그 자체로' 또는 '사물을 있는 그대로' 보고 받아들인다는 것은 무엇을 의미하는 것인가?

이양지가 이 용어를 사용하게 된 구체적인 계기는 분명히 알 수 없지만, 몇몇 연구자들은 이 용어가 '선禪' 문화에 그 언어상의 기원을 둔 용어로 한국과 일본 같은 문화권에서는 일상화되어 있는 언어로 보고 있다. 가령 일본 문화 속의 용어를 빌린다면, 스즈키 다이세츠의 '그것 자체를 봄'이나 '직각直覺' 또는 '바로 깨달음'이라는 용어, 모리타 세이바의 '있는 그대로'와도 연결이 가능할 것 같으며, 한국 측에서도 불교 문화를 중심으로 해서 세간에 널리 퍼져 있는 '있는 그대로' 라는 용어와도 금방 연결이 가능하다. 아무튼 이 용어가 선 문화에서 말하는 '득아뇩다라삼먁삼보리'(『반야심경』) 상태, 곧 깨달음의 상태에서 대상을 바라보는 것을 의미하는 것은 분명하다.

이양지는 <유희>를 전후하여 자신의 내부와 외부에 '변화'가 일어났다고 밝히고 있는 바, 그러한 심리적 추이 과정을 도표화하여 정리하면 다음과 같다.

<유희의 '자아의 풍경' 도표>

	<유희>이전 (가) 있는 그대로 보자 못하기	<유희> 이후 (나) 있는 그대로 보기
내부(나)	한국인이 되어야 한다는 강박감에 본인이 빠져 있다는 사	한국인이 되어야 한다는 강박감에 자신이 빠져 있었다

	실, 내 속에 일본적 아이덴티티가 엄존하고 있다는 사실을 몰랐거나 부정하고 있던 나	는 사실과 자신 속에 일본적 아이덴티티가 엄존하고 있다는 사실을 깨닫게 된 나
외부(후지산)	미움과 청산의 대상	아름다운 대상

일본에서는 두말할 필요도 없었으며, 한국에 와서는 그 증상이 자기 존재의 내면 쪽으로 심화되는 체험을 겪어야 했던 재일 한국인 이양지가 그 고통의 치유책으로 제시한 '있는 그대로 보기'의 구체적 내용은 위와 같았던 것 같다. 그 핵심은 인식 주체인 자기 자신 속의 분열을 종식시키고, 곧 정신적 평형성을 확보하고 대상을 열린 마음으로 보고 대할 수 있는 안목과 생의 자세를 획득하는 방식으로 나타난다.

후지산을 '있는 그대로' 바라볼 수 없었다고 한 이양지의 그 심경은 한국인이라면 대개 동감할 수 있는 것으로 생각된다. 왜냐하면 그것은 일본 식민 통치를 경험한 한국인의 무의식(피해의식)과 저촉이 되는 '일본의 상징'과 연관이 있기 때문이다. 하지만 꽃의 아름다움이 지구상의 어느 공간에서도 보편적으로 인정될 수 있는 것이듯이, 명산의 아름다움 역시도 마찬가지로 인정될 수 있는 것이기도 하다. 그럼에도 불구하고 후지산이 '일본의 상징'이기 때문에, 그것의 아름다움을 그대로 느낄 수 없는 한국인의 마음, 특히 일본에서 태어났으며 특별한 예외가 없는 한 일본에서 지속적으로 거주하게 될 재일 한국인들의 마음은 이러한 보편적이고도 당연한 원리에서 소외된 삶을 살아 왔다고도 할 수 있다. 후지산을 '있는 그대로' 볼 수 없는 마음, 그것이야말로, 한·일 간에 걸려 있는 왜곡적 관계의 본질을 잘 상징하고 있는 것이 아닐까?13)

이양지는 <유희>를 쓴 후, 즉 자신의 아이덴티티 찾기 과정에서 하나의 결실을 보게 된 후, 후지산의 아름다움을 있는 그대로 인정하고 소박하고 솔직한 마음으로 볼 수 있게 되었노라고 고백하고 있다. 바로 이 예야말로 그녀가 말하는, '있는 그대로 받아들이기'라는 정신법의 구체적 내용을 보여주는 일상 예가 아닐까 생각된다.

5. 나오며

이양지 문학은 <유희> 이전까지의 작품이 조국과 관련한 현세대의 끊임없는 방황이 주를 이루는데 비하여 <유희>에 이르러서는 그러한 방황이 정리되면서 현세대에게 새로운 과제를 제시하고 있는 것으로 보인다. 다시 말해 <유희> 이전까지는 작중 현세대가 정신적 고향을 찾지 못하고 자아 망상적 삶으로 일관했는데 <유희>에 와서 자아 중심적 세계를 열어가고 있다는 것이다. 따라서 그녀가 재일 현세대의 이방인 의식과 피해 의식을 극복하는 과정에서 세대의식의 좌표 찾기의 '결산'은 중요한 의미를 갖는다.

우리는 <유희>에서 재일 한국인이 그들 내면의 '일본의

____

13) 이러한 관점은 역설적이게도 모국 유학에서 집 뒤 바위산을 아름답다고 하면서도 오르려하지 않는 태도로 나타나 이번에는 모국이 '낯설'뿐인 재일 동포의 이중적 위상을 실감있게 재현하는 데 역시 성공하고 있다할 것이다.

소리'와 '조국의 소리'의 조율을 통하여 의식의 좌표를 찾아가는 현세대의 진보적 사고를 확인할 수 있었다. 그리고 그것은 '있는 그대로 받아들이는 용기와 삶의 자세'라고 하는 보편적 지성을 통하여 '의식의 지팡이'를 찾고자 하는 작가의 사상으로 확대됨을 엿볼 수 있었다. 이와 같은 '의식의 지팡이'가 작가에게는 어떤 "의미나 가치에 연연하지 않고 어떠한 판단이나 선입관도 갖지 않고 사물과 대상을 있는 그대로의 모습으로 받아들이는" 힘으로 작용하였고, 작중 현세대에게는 재일의 한계성을 깨닫게 하면서 동시에 보다 인간적 삶을 위한 재일의 몫이 무엇인지를 일러주고 있다고 해야 할 것이다. 이것은 작가가 문제의 본질을 외부가 아닌 내면적 자기 성찰에 무게를 두면서 보다 근원적인 인간의 해방 차원에서 접근하고 있음을 말해주는 것이다.

그러나 <유희>가 보여주는 '결산'의 내용은 작가의 돌연사로 그 구체적 모습을 유고작 <돌의 소리>(미완성작)에서밖에 살필 수 없는 점이 아쉽다 하지 않을 수 없다. 아무튼 이 양지의 문학과 생애는 재일 한국인들이 자신의 '불우성'을 극복하는 방법 면에서 하나의 뛰어난 전형을 보여준 '보기 드문' 예로 평가할 수 있다고 생각된다. 동시에 한일 문제, 혹은 재일이라는 외적 조건 속에서 갇혀있기 쉬운 재일 한국인 문학을 보다 보편적인 차원의 문학으로 격상시켰다는 점에서도 이후 재일 3세대 작가의 선구자로 보아도 좋을 것이다.

≪미래문학≫ 통권 15호

그로테스크의 시학—최승호 론

인생에는 추위가 있고, 추위는 견뎌야 하고, 견디다 보면
끝장이 나버리는 인생, 그것도 인생일까. 그렇다고 북극곰이
될 수도 없고.

—「겨울나기」 중에서

그랬더라면 내 이름이 어떻든
이름의 감옥에서 멀리 벗어나
삶을 사랑하는 일에 삶이 바쳐졌을 것이다.

—「이것은 죽음의 목록이 아니다」 중에서

1. 문제 제기

『달맞이꽃에 대한 명상』(세계사, 1993)을 기점으로 최승

호의 시세계가 조금씩 변모하고 있다. 첫 시집『대설주의보』
(민음사, 1983)부터『고슴도치의 마을』(문학과지성사, 1985),
『진흙소를 타고』(민음사, 1987),『세속도시의 즐거움』(세계
사, 1990),『회저의 밤』(세계사, 1993)까지의 그의 초기 시집
들은 '도시문명의 비판적 사실화'라는 '절대 부정'의 시세계
였다면, 그 이후 출간된『반딧불 보호구역』(세계사, 1995),
『눈사람』(세계사, 1996),『여백』(1997),『그로테스크』(민음
사, 1999),『모래인간』(세계사, 2000)과 최근작『아무 것도
아니면서 모든 것인 나』(열림원, 2003)에 이르는 후기시집
에서는 내면적 자성自省을 통한 '긍정적' 세계로 나아가고 있
음을 살필 수 있다. 하지만, 최승호의 시에 대한 지금까지의
접근은 대략 '표현의 즉물성'(김우창), '도시산업문명에 대한
비판'(유종호, 김준오), '구멍 또는 뿔 이미지'(도정일, 남진
우), '불교적 혹은 생명적 세계관'(정효구, 이승하)이란 네 갈
래 길에서 서로 교차하고 있었다. 그러면 그의 시집의 해설
들을 통해 그간의 공유되고 있는 대표적 논의들을 간략하게
소개하는 것으로부터 이 글을 시작하기로 하자.

먼저 김우창은 최승호의 "관찰의 즉물성"에 주목하고 그
의 시가 "지나치게 산문적인 느낌"을 주긴 하지만 뛰어난 사
실적 묘사에 이르고 있다고 지적한다.[1] 유종호는 "난폭 운
전 시대의 비인간화 경향에 대한 유력한 문학적 대안을 탐
문"한 시인으로 그의 현실 인식에는 '두려움'과 '불안'이 특
징이어서 "일상의 이모저모를 차분히 반추하면서 그 미세한

---

1) 김우창, 「관찰과 시—최승호씨의 시에 부쳐」,『대설주의보』(민음사, 1983)
   해설 참조.

음영에 대응하는 섬세한 내향적 시인"이라는 것이다.2) 이와
는 달리 김현은 그의 "부패의 상상력은 인간의 육체가 죽음
앞에서 해체되어가는 과정"으로 드러나는데, 특히 그것은
"변기-똥의 이미지", 즉 "그의 시를 채우고 있는 것들은 전부
쓰레기들이다"라는 것이다.3) 김준오는 최승호의 시가 "문명
비판의 시고 죽음의 시고, 정치시고, 그리고 세계관의 시"인
데 그것이 다분히 "종말론"적이라는 것이다.4) 마지막으로 도
정일은 세상을 보는 최승호의 방식은 "<허/무에 관통 당한
허구렁 세상>이라는 것이고 이 세상에 대한 그의 집중적인
시적 주제는 생각컨대 <갇힘과 벗어남>"이라는 것이다.5)

　최승호의 시집이 세상에 쌓인 것만큼 그의 시의 '신비'가
지금 우리 앞에 놓여 있다. 그러나 현재까지의 비평들은 지
극히 상식적인 수준의 논의일 뿐 최승호라는 작가(작품)론
에 도달하지 못하고 있다.6) 이들의 평론들을 도전적으로 읽
은 듯한 남진우의 말을 들어보자.

---

2) 유종호, 「난폭 시대의 시」, 『고슴도치의 마을』(문학과지성사, 1985) 해
　설 참조.
3) 김현, 「거대한 변기의 세계관」, 『진흙소를 타고』(민음사, 1987) 해설 참조.
4) 김준오, 「종말론과 문명비판시」, 『세속도시의 즐거움』(세계사, 1990) 해
　설 참조.
5) 도정일, 「최승호 시인의 10년-다시 우화의 길에 선 시인을 위하여」, 『회
　저의 밤』(세계사, 1993) 해설 참조.
6) 최승호의 『달맞이꽃에 대한 명상』 이후 시집들은 작품 해설을 담고 있
　지 않다. 『그로테스크』는 심지어 서문까지도 약하고 있다. 여태까지 작
　품 해설이 시에 대한 이해를 어느 한쪽으로 좁히거나 또는 피상적인 이
　해를 방조하기 위한 수단이었다면, 『명상』 이후의 시집들은 최승호의
　'시적 개안'과 더불어 어쩌면 독자의 무한한 해석의 여지를 열어놓는 의
　도로도 보여진다.

최승호의 모든 시적 진술은 일관되게 삶의 문명의 허망함
에 바쳐지고 있다. 그는 삶의 부질없음을 되풀이해서 묘사한
다. 그는 건설·생산·발전보다는 폐허·몰락·소멸 등의
단어에 상대적으로 더 친근감을 느끼는 부류의 시인이다. 물
론 최승호 말고도 우리 시대엔 이와 비슷한 감수성과 사유를
갖고 있는 시인들이 상당수 있다. 최승호가 이들과 다른 것
은 이들과 다른 이미지, 다른 어법으로 그것을 표현해낸다는
데 있다. 우리는 보통 자신이 살아있다고 열심히 생을 영위
해나가고 있지만 실제로는 죽어 있는 존재에 불과하다고 말
하기는 얼마나 쉬운 일인가. 중요한 것은 "무엇을 말하느냐
에 있는 것이 아니라 '어떻게' 말하느냐에 있는 것이다.7)

윗글에서 최승호가 시집을 새로 펴낸 것 만큼의 시의 변
모양상을 간과하고 있음은 물론, 그간의 평론들이 "무엇을
말해왔나"가 기존의 작가들을 분석해오던 내용과의 차이를
전혀 보이지 못하고 있음을 날카롭게 지적하고 있다. "죽어
있는 존재"를 노래해온 수많은 작가, 예를 들면 송욱이나 고
석구와 최승호의 시들은 어떻게 다른 것인가? 남진우에 의
하면, 그 차이는 그들 작가의 면면들을 "어떻게" 작품 속에
서 구체적으로 밝혀내느냐로 귀착되어지는 것이다.

이 글에서 지금까지의 최승호에 관한 저간의 평들에서 과
연 "무엇"을 "어떻게" 갈아엎을 수 있는지를 진지하게 검토
해보기로 한다. 그런데 필자가 생각하기에 조금씩 그 모습
을 완성해오던 최승호의 시적 방법론이 가장 잘 체적滯積된

---

7) 남진우, 「뿔과 구멍, 그 악순환의 세계―최승호의 시에 대한 명상」, 『숲
으로 된 성벽』(문학동네, 1999), 115~116쪽 참조.

시집이 바로『그로테스크』이다. 따라서 이 시집은 최승호의 시적 형상화의 창작술을 엿볼 수 있는 '대문'이 될 것이 틀림 없다. 문제는 이 문을 여는 열쇠를 "어디서" 구할 것이며 또 한 찾은 열쇠로 열고 "어떻게" 그 안을 들여다 볼 것인가가 우리의 관건이 되는 것이다.

2. 기법으로서의 그로테스크

'그로테스크'란 원래 회화 용어로 '그로테'(grotte: 동굴[cave] 이라는 이탈리아 낱말인데 발굴이라는 말도 이와 관련된다) 라는 말에서 생겨났으며 이 말은 '기괴하면서도 우스꽝스러 운' 형식의 그림을 의미하게 되었다.[8] 다음은 볼프강 카이저 의『회화와 문학에서의 그로테스크』(*The Grotesque in Art and Literature*, 1957)에 나오는 글로 그로테스크의 본질을 가장 잘 파헤친 설명 부분이다.

그로테스크는 **낯설어진 혹은 소외된 세계의 표현**이다. 즉, 새로운 관점에서 봄으로써 친숙한 세계가 갑작스럽게 낯설 어진다(그리고, 아마도, 이러한 낯설음은 **희극적**이거나 또는 **으시시한 것**, 아니면 그 둘 다를 포함하는 것일 수 있다).

---

8) 불어로는 *끄로떼스끄*(crotesque)라는 말이 일찍이 1532년에 쓰이고 있 었고, 영어에서도 이 말이 쓰이다가 1640년 무렵 그로테스크(grotesque) 에 의해 대치되었다. 그로테스크 용어의 개념 변천은 필립 톰슨 저,『그 로테스크』(김영무 역, 서울대출판부, 1986), 13~25쪽 참조.

그로테스크는 터무니없는 것과 벌이는 **게임**이다. 다시 말해서 그로테스크를 추구하는 예술가는 존재의 깊은 부조리들과 반쯤은 우스개로 반쯤은 겁에 질려 **장난**을 한다.

그로테스크는 **세상의 악마적 요소를 통제해서 쫓아내려는 시도**이다.[9]

윗글에서 서로 겹치는 여러 특질을 종합하여 그로테스크의 정의를 내려보면, 하나는 '우스꽝스러운 것과 무서움 혹은 협오감이 동시에 함께 있는 상태'이고, 다른 하나는 '양립할 수 없는 것들의 작품과 반응 속에서 해결 안 된 충돌', 즉 양면성이 공존하는 비정상이다. 한마디로 그로테스크 이미지란 '희극적'이면서도 '공포스런' 이 양가적 감정을 동시에 수반하는 것으로, 바흐찐(『라블레와 그의 세계』)의 경우가 희극적인 측면을 보다 주목한 경우라면, 카프카(『변신』)의 경우는 끔직스럽고 괴이한 것에 보다 가까운 것이라 할 수 있다. 그로테스크 이미지 속에서 이 양가적 감정은 혼돈된 채로, 갈등의 상태에서 해소되지 않은 상태로 남아있는 것이지만, 희극적인 측면을 띤다고 하더라도 그것은 웃음을 유발하기보다는 불안하고 섬뜩한 느낌을 환기시킨다. 이러한 사실은 그로테스크가 적어도 '지적'인 효과만큼이나 강력한 '감정적'인 효과를 동반하고 있음을 암시한다. 또 한 가지 주목해야 할 사항은 위에서 희극적인 효과를 유발한 것으로 언급한 불균형이 또한 공포를 부채질하는 근원이라는 점이다. 그러므로 '섬뜩한 유머' 혹은 '섬뜩한 농담'이라는 말이

---

9) 톰슨, 앞의 책, 24쪽에서 재인용.

이를 잘 대변해준다.

최승호가 우리의 관심을 끄는 이 '그로테스크'란 용어와 인연을 맺게 된 것은 필자의 생각으로는 도정일의 아래에 나오는 평론의 지적이 최초가 아닌가 한다.

> 그러나 우리를 섬뜩하게 하는 것은 이런 이미지들의 선택만이 아니다. … 그의 묘사는 날카롭고 정확하면서 동시에 섬득하고 괴이하다. 그 묘사는 30년대 독일의 표현주의 그림들을 연상케 하는 **<그로테스크 상상력>**―사실성을 괴이함의 상상력에 나염하여 생생하고 충격적인 심상과 특이한 형상으로 변환해 낸다. 이를테면 <쥐들이 앞가슴을 파먹어도 밤이 즐거웠는지, 내장을 끌고 돌아다니던 암탉>(4: 44)이라든가…[10]

위에서 최승호 시의 '충격적'이면서도 '사실적'인 묘사를 처음으로 "그로테스크 상상력"이라 이름 붙인 것이 우리 논의의 출발점이 된 것 같다. 그러나 실제로 최승호의 시에서 그로테스크란 단어는 단 두 번 나온다. 한번은 『여백』이란 시집에서 「그로테스크」란 시 제목으로 "구원이 끝난 밤. 지상에는 구원받을 사람이 없다. 옥상 위에 구원받지 못한 내가 하나 남아 있지만 바라는 것이 오직 죽음이기 때문에 이빙하기에 구원의 문제는 끝장이 났다."[11]라고 그로테스크한 상황을 적고 있다. 그리고 나머지 하나는 우리가 중시하여 다루고 있는 『그로테스크』 시집의 책명이 그것이다.

---

10) 도정일, 앞의 글, 98~99쪽 참조.
11) 최승호, 『여백』(솔, 1997), 45~49쪽 참조.

그렇다면 『그로테스크』라는 시집은 어떤 구상을 가지고 있는 것인가? 무엇이 '그로테스크'하단 말인가? 이 물음에 최적의 답을 주는 시가 「누가 시화호를 죽였는가」이다.

> 무력감에서도 악취가 난다. 산 송장들, 시화호 바닥에 누워 공장 폐수와 부패한 관료들의 숙변을 먹은 산 송장들, 이것은 **그로테스크한 나라**의 풍경인가. 시화호라는 **거대한 변기**를 만드느라 엄청난 돈을 배설했다. ...
>
> 나는 무력한 사람이다. 절망의 벙어리, 그래도 세금은 낸다. 세금으로 시화호를 죽였다. 살인청부자?
>
> 내가 시화호의 살인청부자였다. 나를 처형해 다오. 달 뜨는 시화호에 십자가를 세우고 거기 못 박아다오. 아니면 눈 푸른 달마를 십자기에 못 박아 피 흘리게 하든지.
>
> ─「누가 시화호를 죽였는가」 중에서

위 시에서 "그로테스크한 나라의 풍경"이 핵심어이다. 그러면 이 나라가 어떠하기에 그로테스크하단 말인가? 사건의 발단은 시화호의 "악취"에서 비롯됐다. 그러나 "누가 시화호를 죽였는가?"라는 시인의 질문에 대한 그 정답은 그리 간단하지 않다. 나라 안 그 어느 누구도 "살인청부자"의 죄를 피해갈 수 없겠기에 시인의 눈에 그로테스크하게 비쳐지고 있는 것이다. 분명 "시화호라는 거대한 변기를 만드느라 엄청난 돈을 배설"한 것은 웃음을 자아낸다. 그러나 그 '웃음'은 또한 어이가 없어 웃는 너털웃음 내지는 쓴웃음일 수밖에 없다. 이런 의미에서 볼 때, 그로테스크라는 표현은 좁게는 한 나라의 실패한 환경 정책을, 넓게는 "악취"가 날 정도로 "부패"한 그 나라의 정신적 혹은 윤리적 혼돈 상태를 비판하기 위한 수사적 '장치'라고도 볼 수 있다.

또 한편에서 그로테스크한 풍경은 최승호의 다른 시에서는 '기괴한' '무시무시한' '불가사의한' '공간 인식'으로 확장되어 나타난다. 이 때의 공간은 일차적으로는 "초현실"적으로 지각하고 있다.

> 익사자는 **북어**처럼 금세 뻣뻣해져서 강물 밖으로 끌려나온다. 수영복을 입은 유원지의 **마네킹** 300여 명 가량이 갑자기 물에 예배하는 엄숙한 자세로 서서 번뜩이는 강을 바라보는 지금은 오후 3시 17분 59초. 산중턱 무덤지기 돌말은 툭 불거진 돌멩이눈으로 파라솔 색색인 유원지를 굽어보며 벙어리 말 울음을 운다. 누가 선그라스를 깨뜨린다. 뜨거운 자갈들이 노른자도 없이 이글거리는 태양을 품었다.
>
> —「초현실적인 유원지」 전문

위 시에서 산 자는 "마네킹"으로 무감각하고 사자死者는 오히려 "북어"로 생명이 없을 뿐이다. 강 '안'과 '밖'이 삶과 죽음의 경계인데 최승호의 시에서 "문"으로 상징되어 많이 등장한다. 그리고 '송장'과 '시체'와 같은 섬뜩한 이미지도 선명한 색상과 더불어 자주 사용한다. 왠지 모르게 '긴장'할 수밖에 없는 삶의 공간을 "초현실"적으로 묘사한 것이 어찌 보면 그로서는 현실을 버텨내기 위한 안간힘으로 보여져서

‘부조리’한 상황과 닿아 있다 할 것이다.

　무엇보다도 최승호 시의 공간이 그로테스크한 까닭은 시원始原으로 돌아갈 곳이 없기 때문이다. 그의 시에 나오는 자연은 “인공”적인 물질문명의 진행으로 이제 더 이상 생명을 잉태하는 모태가 되지 못한다. 그러므로 현대판 생명 현상은 도처를 떠돌지만 정착하지 못하고, 또한 그 ‘위기’를 근본적으로 벗어날 수도 없는 것이다.

　　마을버스는/마을이 없는 곳으로 돌아간다/마치 내가/나 없는 곳으로 돌아가듯이.

　　　　　　　　　　　　　　　－「기다림의 풍경」 중에서

　　우리는 돌아갈 모천이 없는 사막의 연어들, …

　　　　　　　　　　　　　　　　　　－「황사」 중에서

　그래서 그는 더 늦기 전에 마지막 방편으로 삶과 죽음의 ‘목록’을 작성한다. 「황사」에 나오는 “황사반죽 질료”의 목록은 ‘죽음’의 목록이다. 그러나 「이것은 죽음의 목록이 아니다」에서 시인이 읽고 있는 『동강 유역 산림 생태계조사 보고서』는 모든 생명체들이 그로테스크해지기 이전의 오염되지 않은 자연 세계를 대변한다. 다시 말해 시인이 이 시의 제목을 통해 암시하고 있듯이 『동강 보고서』가 “죽음의 목록이 아니”라면, 그의 시집이 기록하고 있는 그로테스크한 풍경들은 다름 아닌 “죽음의 목록”이라는 점에서 가히 역설

적이다. 그리고 이 역설적인 것 또한 기법적으로 그로테스
크한 것이기도 하다.12)

3. 변신으로서의 그로테스크

그로테스크는 또 다른 한편에서 이상하게 만들기, 즉 미
학적으로 보아 상像의 변형變形이고, 가장假裝이며 또한 강등
과 비하卑下요, 일상적인 세계의 전도인 것이다. 이런 상과
생활의 왜곡화와 변형은 그로테스크의 모태가 되는 것이
다.13) 이 말은 최소한 그로테스크가 '신체적으로 비정상적
인 것'과 강한 친화관계를 가지고 있다는 것이다.14) 다시 말
해 그로테스크가 유발하는 웃음과 그와 뒤섞인 협오, 공포
따위의 반대 반응은 둘 다 신체적으로 '잔인한' 혹은 '비정상
적인' 혹은 '음란한 것'에 대한 반응일 수 있다는 가능성에
관한 것이기도 하다. 그러면 이러한 관점에서 우선 최승호
의 「남자의 젖꼭지」란 어리둥절하면서도 전혀 외설적이지

---

12) 톰슨, 앞의 책, 65~69쪽 참조. 톰슨은 아이로니 작가 역시 풍자 작가와
   마찬가지로 이따금 그로테스크를 하나의 수단으로서 사용한다고 한
   다. 그러나 그에 의하면, 아이러니는 어떤 관계(가상/실제, 사실/허위
   등등)를 지적으로 풀 수 있는 가능성에 좌우되며, 그로테스크는 본질적
   으로 모순들의 해결 불가능성을 보여준다는 점에 있어서 결정적인 차
   이를 보여준다.
13) 이재선, 「기형의 탄생 −그로테스크의 계보」, 『한국문학 주제론』(서강
   대학교 출판부, 1989), 11쪽 참조.
14) 톰슨, 같은 책, 7~12쪽 참조.

않은 아래의 시를 살펴보자.

성인(聖人)들을 생각하면
샘 같은 **젖통**이 떠오른다.
어린 세상에게
젖을 물리려고
그들이 왔었는지 모른다. ...

오늘 내 **유두** 곁에
철사처럼 털이 하나 솟은 걸 발견했다.
영영 부풀지 않고
아무짝에도 쓸모없는 **젖꼭지**가 어떻게
두 개씩이나
못대가리처럼
내 가슴팍에 붙어 있는 것일까.

－「남자의 젖꼭지」 중에서

위 시에서 "젖(통)" "유두" "젖꼭지"와 같은 낱말들은 성적 환상을 불러일으키는 단어들이다. 그러나 첫 연에서 성인聖人들이 어린 세상에게 젖을 물리려고 왔다는 '비유적' 진술을 사용함으로써 전혀 성적이지 않다. 2연에서 "털"을 "철사"로 "젖꼭지"를 "못대가리"로 연관짓는 시인의 상상력은 심지어 아찔하기까지 하다. 그러므로 이 시는 신체의 성적 부위를 자극적으로 표현하고도 실제적으로는 성인이 되지 못하는 자괴감을 표출하는 것으로 그 내용이 뒤바뀌고 마는 극적 아이러니의 효과를 낳는다.

흥미로운 것은, '관상학적' 기형 또는 '변형된' 인간의 탄생과 관련된 최승호의 시가 주로 '동물지誌'로 출현한다는 것이다. 실제로 최승호의 시에서 죽음 의식의 편재성과 함께 '곤충'이나 '동물'의 이미지에 대한 의존도가 매우 높다는 사실을 주목해볼 필요가 있다. 동물의 이미지는 단순한 시작적 유추나 비유를 위해 사용된 경우도 있다. 이 경우의 동물 이미지는 단순한 '시각적 비유'의 수준을 크게 넘어서는 것은 아니다. 그러나 많은 경우 가파르고 잔혹스러운 삶의 조건을 '상징적 소도구'로 동물 이미지가 동원되어 있다.[15] 이것은 그의 시가 그려내고 있는 폐허, 변기, 쓰레기통, 푸줏간으로서의 세계와 일정한 '환유적 인접체계'를 이루는 것으로 마치 중국의 고서 『산해경』의 분류목록과도 같은 '특이함'과 '괴이함을' 보여주고 있다.[16] 이 부분에 있어서 최승호의 대표작이라 해도 과언이 아닌 「넙치」를 아래에서 살펴보기로 한다.

> 왼쪽 오른쪽으로 나누어졌던 눈을
> 한 곳에 모으느라
> 넙치는 얼마나 고통스러웠을 것인가.
> 눈알 하나를 밤마다 끌어당겨
> 왼뺨으로 옮긴 뒤
> 넙치는 원했던 **사시(斜視)**가 되어버렸다.
>
> 넙치 눈은

---

15) 유종호, 앞의 글, 121쪽 참조.
16) 도정일, 앞의 글, 97~98쪽 참조.

배꼽을 쏙 빼닮았다.
눈도 배꼽처럼
단절의 **흉터**인가,
껌벅거리는
흉터,
시선은
남아 있는 탯줄,
한없이 **뻗**어나가는 투명한 탯줄?
엇갈리면서
뒤 없는 투명함을 마중나가는. ...

    어제 넙치가 있던 바닥에 오늘은 **벽돌**이 놓여 있다. 넙치
가 벽돌로 **변신**하는 것은 이해하기 힘든 일이다. 그러나 나
는 이해했다. 오해한 것인지 모른다. 그러나 적어도 이해한
것이라고 생각한다.

―「넙치」 중에서

    위 시에서 넙치의 필연적인 '진화'는 상식으로 보면 기형
에 가깝다. 시인은 그러한 넙치의 변신을 "적어도 이해한 것
이라고 생각한다"는 말로 회피한다. 왜냐하면, 여기서 '변신
變身'이라 함은 누에가 나비 되는 '자연질서 속의 변신'이기
는 하나 문명적 공간으로 강제적으로 옮겨와서는 부정적 변
신, 즉 누에가 날개 달아보기도 전에 삶겨져 통조림 번데기
로 바뀌는 것과 같은 '피동적 변신'을 의미하기 때문이다.
    최승호의 변신에 대한 분석은 단연 도정일의 그것이 돋보
인다. 그는 최승호의 '인간의 인간 아닌 것 되기'로의 변신이

발생하는 원인을 인간의 '욕망' 혹은 '탐욕'으로 보고 있다.

그러므로 최승호의 시에 등장하는 변신의 이미지들은 바로 이 역사적 형태의 욕망인 탐욕 때문에 제 모습을 잃어버린 것들, 자기 아닌 다른 것으로의 둔갑을 강요당한 것들의 이미지이다. 이 점에서 최승호의 시는 탐욕의 문법에 지배된 삶의 양식이 인간을 어떻게 인간 아닌 것으로 바꾸어 놓는가 라는 문제 —타락한 부족의 변신술에 대한 시적 탐구이며, 그 변신술이 초래한 고통의 보고서이다. 이 때문에 변신의 주제와 이미지들은 그의 시에서 또 하나의 중요한 차원을 이루고 있다.17)

윗글에 나오듯이 문명사회 안에서 인간은 어느덧 "제 모습을 잃어버"렸고, 형태마저 완전히 일그러져 버렸다. 그런데 최승호의 시에 나타나는 변형은 어느 의미에서는 인간의 '원형 찾기', 즉 '자기 돌아보기'에 대한 기록일 수도 있다. 이 경우 그로테스크란 황당무계한 '공상'과 필연적인 친화관계를 맺고 있기는커녕, 사실적인 틀 속에서 '사실적인 방식'으로 제시된다는 사실에서 적어도 그 효과를 상당부분 성취하고 있다고 보아야 한다.18) 따라서 그의 시 속에서 예를 들면 시인은 "구토물"을 "뜯어먹"고 "가짜 날갯짓"(「구토물을 먹는 아침」)을 하기도 하고, 할머니는 "늙은 쥐며느리처럼 뻘뻘거리시다 입적"(「퀴퀴한 광장」)하시고, 택시 기사와 승객은 "질겨빠진 몸싸움"(「질겨빠진 것」)을 해야 하고, 생존자

---

17) 도정일, 앞의 글, 109쪽 참조.
18) 톰슨, 앞의 책, 11쪽 참조.

는 "오직 살아남았다는 이유만으로도 이 나라에서는 영웅"
(「폐허 속의 영웅」)이 될 수밖에 없는 인간의 '비극적' 상황
을 처절하리만큼 사실적으로 묘사하고 있는 것이다.

4. 낯선 시간으로서의 그로테스크

시간의 흐름은 엄청난 변화를 가져온다. 그것은 한 개인
에게는 희노애락喜怒哀樂의 감정과 생노병사生老病死의 고통
을 안겨주는 것이기도 하지만 때로는 역사적이고 문명적인
전환의 동력이 되기도 한다. 전자의 경우는 개인이 체험하
는 몸과 마음의 변화가 주가 되지만, 후자의 경우는 사회적
이고 역사적인 환경과 불가피하게 관련지어 생각하여야 한
다. 그러므로 그로테스크한 시간은 누구에게나 '해체'와 '구
성'을 반복하는 '낯선 타자'로 다가온다. 따라서 '신구교체'와
'일신우일신'으로 간단없이 찾아오는 시간의 역동적인 힘이
어떻게 일상 혹은 문명의 모습을 바꿔놓는지 아래의 시들에
서 살펴보기로 하자.

    1) 굴러간다 해도 텅 빈 고무껍질에 불과한
      폐타이어는
      석유문명에 버림받은 듯
      길을 벗어나 넘어져 있다.
      속도 제로
      그 안에서 강아지풀들이

늙은 개털의 질감으로 시들고 있다.

─「제로」 중에서

2) 자동차를 타고 있었고 뒤에서 자동차들이 무서운 **속도**로
쫓아오고 있었으므로 브레이크를 밟을 수가 없었다. … 사
실은 우리가 빠르게 도망자들처럼 멀어져가고 있었다. 에
어컨을 틀고 있었고 차 유리문을 다 닫고 있었기 때문에
비둘기의 **절규**도 그 어떤 **울부짖음**도 들려오지 않았다.

─「질주」 중에서

위 시들은 모두 현대 산업문명을 낳은 돌이킬 수 없는 시
간의 '파괴적'인 속성을 잘 말해주고 있다. 1)에서 "석유문
명"은 자원이 고갈되면 "속도 제로"가 되는데 그 속에서 생
명이 다시 소생할 수 있을지 하는 회의적인 태도를 보이고
있다. 2)에서 역시 "속도" 사회의 '비인간적'인 동력학을 비
판하고 있다. 생명의 "절규" 혹은 "울부짖음"에 귀기울이지
않고 그냥 '질주'하는 근대 문명의 그 끝은 어찌 보면 '속도
제로의 폐허'가 아니겠는가? '속도'에 마냥 안주할 수도 없겠
기에 '불안'하고, 그렇다고 여기서 '멈춤'은 또 다른 '공포'에
사로잡히게 한다는 점에서 '막다른 상황'에 다다른 느낌을
전달해준다.

최승호의 초기시 속에는 놀라우리 만치 '일상'이 한결같
이 '비역사적'이고 '비시간적'이다. 이것은 그의 시가 앞선
비평가들이 잘 지적하고 있는 바처럼 '즉물적'이고 '파편적'

인데 기인한다. 그로테스크는 정상상태를 벗어난 것이고, 그것의 두드러진 특징은 '과장'과 '극단'적 표현으로 나타나는데, 이러한 특질로 인해 흔히 그로테스크는 '공상적'이고 '환상적'인 것과 연관지어 생각할 수 있다.[19] 이와 같이 현실과 비현실이 마구 뒤얽혀 있는 최승호의 대표적인 작품으로는 「피」, 「송장헤엄」, 「고기 한 덩어리」 등이 있다.

> 3) 붉고 붉은 살덩어리에 척 들러붙은
>   축축한 신문지를 손톱으로 떼내다 보면
>   피에 절여진 독재자 사진도
>   조각조각 찢어지던 일이 어제 같은데
>   이제는 비닐봉지에 피가 흐를 뿐.
>
>   —「피」 중에서

> 4) 배를 위로 하고
>   누워서 송장헤엄을 치는데
>   송장이 되어서야 송장헤엄을 그친다.
>   절망도 송장이 되어서야
>   송장헤엄을 그칠 것이다.
>   절망에 절망해 버리는 절망까지도.
>
>   —「송장헤엄」 중에서

위 시들에서 최승호는 '육체'에 대한 존재론적 인식을 단적으로 보여준다. 3)에서 '육肉을 담은 포장'을 보고 '분열'적

---

19) 톰슨, 앞의 책, 31~33쪽 참조.

인 사고思考를 확실하게 드러내는데, 그 착란이 매우 충격적이다. 분명 "신문지"에 스며든 피가 그 면에 실린 "독재자 사진"을 "조각조각 찢어" 소멸시킨다. 그러나 "비닐봉지"는 그러한 변화가 없다. 그래서인지 "검은" 비닐봉지로 상징되는 근대문명의 '암흑'은 무엇이든 감춰버린다. 이러한 역사의 종언은 인간의 종말을 의미할 수도 있다. 4)에서 산 자는 "송장혜엄"을 치지만, 역설적이게도 사자死者는 그 짓을 하지 않는다. 그러므로 전자는 "절망"하지만 후자는 그럴 필요도 없는 것이다. 왜냐하면 '육체'는 산 자에게는 가시적이기에 자유롭지 못하지만 사자에게는 불가시적이기에 자유롭기 때문이다. 그리고 보면 자연의 '몸'은 문명의 옷을 입은 그 순간부터 '자유'를 잃어버린 것인지도 모른다.

마지막으로 '그로테스크 패러디'를 주목해볼 수 있다. 이 용어는 패러디가 극단적으로 행해져 마침내 패로디의 원작, 혹은 내용과 형태 사이의 갈등이 지탱될 수 없을 지경에 이르는 것을 지칭한다.[20] 문학은 작가와 독자간의 대화 혹은 소통이다. 패러디는 그러한 '시·공간의 자율성'에 끼어 들어 '간섭' 또는 '폭력'을 행사한다는 점에서 그로테스크하다. 이러한 최승호의 패러디 시들로는 아래의 작품들을 들 수 있다.

　　5) 봄이 와도 봄에 내놓을
　　　　꽃 한 송이 준비하지 못하였다. …
　　　　그리고

---

20) 톰슨, 앞의 책, 56~58쪽 참조.

개의 슬픔을 느꼈다.

—「뿌리내린 곳에서의 슬픔」

   6) 질화로의 식어가는 재를
      부젓가락으로 뒤적이고
      바람 새는 문틈에 걸레를 끼우는 것이
      겨울나기의 풍경이다.

—「겨울나기」

위 시들에서 최승호는 선배 작가들의 작품들을 자신의 시 속으로 고스란히 녹이고 있음을 알 수 있다. 5)에서 정현종의 "한 꽃송이(시)"가 암시하는 예감은 최승호 시로 와서는 "꽃 한 송이 준비하지 못"한 "개의 슬픔"으로 감정이 전이된다. 6)에서 정지용의 「향수」가 "참하 꿈에도 잊힐 리"없는 겨울 추억의 되풀이라면, 그의 「겨울나기」는 "추위"를 나야 하는 현재를 새롭게 시작하는 것이다. 원작原作의 '낭만적' 삶의 태도들은 최승호의 종말의식 때문인지 모두 사그라지고 그로테스크한 풍경만이 목하目下에 남는다. 즉, 최승호의 패러디는 그의 '사실적' 정황에 맞게 적절하게 대치되어진 것이다. 따라서 각자의 경험은 서로 '대화'하면서도 '충돌'한다는 점에서 해석의 여지를 층층이 남겨두고 있다.

5. 그로테스크 시학: 일상적 리얼리즘을 위하여

최승호의 『그로테스크』는 간행 시기로 보면 후기 시집에 속한다. 그러나 이 시집은 그의 문명 비판적인 '부정적' 세계관을 투시하고 있다는 점에서 초기 시의 특징을 그대로 적립積立하고 있다고 할 수 있다. 그러나 그 작시법에 있어서는 초기 시와 좀 다른 수사적 방법을 동원하고 있다. 즉, 처음에는 회화적 기법이었지만 점차 문학적인 수사법과 맞물려 정착이 된 '그로테스크'를 그의 시적 묘사의 '문법'으로 확립한 것이 그것이다. 따라서 그의 '투철한' 사실적 표현에 아이러니, 패러디, 풍자, 부조리 등과 같은 '장식'을 곁들이게 되어 이전보다도 훨씬 더 풍요로운 '시적 정의'에 도달할 수 있게 되었다.

최승호는 단순한 '시적 유희'를 즐기지 않는다. 그는 참여시와는 다른 방법으로 현실의 문제를 해결하려 하는데, 그것이 바로 '알몸'의 시이다. 그의 이러한 시학을 정립定立하고 있는 시행들을 뽑아보면 다음과 같다.

자물통처럼 생긴/자라야,/네가 껍질을 벗어놓고 글을 써볼래?/나는 네 대신 늪으로 돌아가/흐린 물 속을 알몸으로 헤엄칠 테니.

—「밤의 자라」 중에서

「문법을 잘 지켜라. 제군들 그 누구도 문법으로부터 자유

로울 수는 없다. 비유하자면 문법은 형무소장이요 너희들은
죄수들인 것이다」

─「문법」 중에서

　등에 펜이 꽂힌 채/글을 쓰는 것은 아닌지, … 등에 쟁기
박힌 하늘소가/볕밭을 갈아엎는다, 라고.

─「그림자」 중에서

　밤이 오고/사라진 수평선으로/불 밝힌 내 손가락들이 어
기적거리며 지나간다.

─「손」 중에서

　그렇다. 그는 '알몸'의 시인이고, 그의 문법에 갇힌 '죄수'
이고, 펜으로 농사를 짓고, 손으로 여행을 떠난다. 이제 그는
'부정'을 넘어서, '긍정'을 절대시하는 새로운 미로에 갇혔다.
나는 그가 근대 문명의 일상에 벗어나는 그로테스크의 시학
을 완성했다고 믿는다. 아니 믿고 싶다. 그리고 그가 '명상'
과 '초월'을 꿈꾸는 새로운 시학에 정진하는 것이 즐겁다. 그
래서 그를 진정 시인이라 예찬해마지 않는 것이다.

≪송파문학≫ 통권 11호

탈주(脫走)를 꿈꾸는 현실주의자 — 유하 론

1. 들어가며

둥지에 새알이 있다고 치자. 그러나 그 새알은 둥지에 그대로 남아 있을 수가 없다. 껍질을 깨고 나온 새끼는 살아있는 동안 소리질러서 주린 배를 채우고 그리고 날마다 몸을 키워 간다. 날개로 한 몸 비상飛翔할 수 있을 만큼 장성長成하면 새는 둥지를 떠난다. 그 새는 다시 그가 자란 둥지로 돌아오지 못하고 제 짝을 만나 새 둥지를 꾸릴 뿐이다. 그 품에는 어릴 적부터 울음 담아 넘친 '시심詩心'이 있고 그 발에는 발목을 뺄 수 없어 빠져드는 일상의 '보금자리'만 남게 된다.

유하는 그러한 둥지로 자리잡은 '하나대의 자식'이다. 즉, 그의 고향은 전라북도 고창군의 '하나대'라는 농촌마을이다. 그의 시를 통해서 볼 때, 이 마을에서의 삶은 자연과 함께 사는 삶이자 간단없이 그 자연의 기억을 반추해내어 시인의 삶을 운명적으로 선택하게 한 것 같다. 그러나 그는 하나대를 오래 전에 떠났다. 그의 말(『천일馬화』의 '시인의 말'에서)대로 그는 "무림, 압구정동, 세운상가, 경마장…… 욕망이 긴 세월 나를 꽤나 여러 곳으로 끌고 다녔던 것"이다. 그는 "서서히 뭔가를 잃어가는 과정"에 "올인"한 채로 여전히 시인으로 "희망"을 건져보려 시를 계속 붙잡고 있는 지도 모른다.

그래서 그런지 그의 시세계는 두 가지 경향으로 나뉘어 조명을 받고 있다. 하나는 하나대의 고향이 중심 모티브로 작용하는 자연적 서정세계(정효구, 박철화)이고, 다른 하나는 도시의 '속도사회'의 질서를 보여주는 풍자시의 면모(김현, 남진우, 이광호)가 그것이다.[1] 그의 시집도 전자의 특징을 여실히 잘 보여주는 『바람부는 날이면 압구정동에 가야 한다』(1991)와 『세상의 모든 저녁』(1993), 그리고 출발부터 병치並置적으로 후자의 세계로 나아간 『무림일기』(1995), 『세운상가 키드의 사랑』(1995), 『천일馬화』(2000)로 대별하여 살펴볼 수 있다. 그의 시세계가 이 두 계열로 확연히 나누어진 것인지에 대한 논란의 여지가 다소 있지만 대체로 그의 시는 이 두 축 사이의 공간을 확대 재생산하고 있는 것으로 보인다.

---

1) 이것과 관련하여 필자가 찾아본 것으로는, 전자에 해당하는 「유하 시의 자연−자연이라는 책」, 『한국현대시와 자연탐구』(정효구 저, 새미, 1998)와 「'하나대'와 압구정동 사이의 긴장」, 『바람부는 날이면 압구정동에 가야 한다』의 박철화 해설이 있고, 후자는 「키치 비판의 의미−유하 시가 연 새 지평」, 『무림일기』의 김현 해설, 「도시 속의 풀무치 한 마리−유하의 시세계」, 『그리고 신은 시인을 창조했다』(남진우 저, 문학동네, 2001), 「말달리자, 말달리자」, 『천일馬화』의 이광호 해설이 있다.

그러나 필자는 자아와 사회에 대한 시인의 성찰이 그가 몸담고 있는 '근대'라는 시공간에서 이루어지고 있기 때문에 이 두 세계가 궁극적으로 하나로 통합되고 있음을 밝히고자 한다. 시인에게 있어 농촌에서 도시로의 전이轉移적 통과의례도 거시적으로 보면 근대 '위험사회'가 추돌追突한 문제와 근본적으로 맞닿아 있다고 볼 수 있다. 그러므로 이 글은 고도 기술사회의 가속도가 가져다주는 충격과 감각화를 시인 유하가 어떻게 체감體感하고 있으며, 또한 그 가공할 속도로부터 시인의 탈주脫走가 과연 가능한지에 자연히 초점이 맞추어지게 될 것이다. 아울러 그 향방이 '지속 가능한' 삶의 조건과 부합하는 비판적 기능을 수행하는 쪽으로 나아가고 있다고 믿어 의심치 않는다.

2. '하나대'의 탄생 신화

시인의 고향은 그가 발을 딛고 있었던 무대이다. 무엇보다도 시인은 그곳에서 토착적인 언어를 익힌다. 그래서 시인의 질박한 '시어'는 자신의 탄생과 성장의 베일에 대하여 토로하는 경우가 많다. 시인의 '진정한' 존재가 위대한 '문학'으로 거듭 탄생하는 것이고 보면 시인의 고향은 영원히 훼손될 수 없는 작품의 '원형'으로서 그 불멸의 가치를 지니고 있는 것이라 할 수 있다.

유하는 하나대에 있는 "남새밭"의 정기를 받고 태어났다.

그리고 농촌과 자연은 유하를 서정시인으로 자라나게 하였
다. 하나대는 그가 태어난 고향인 고창의 농경사회적 정신
과 체험이 어떤 모습인지 보여주는 '밑그림'이다. 그런데 유
하의 그러한 성장 배경을 관찰하기 위해 예를 든 아래의 시
들은 한결같이 그의 자연 친화적인 환경을 엿볼 수 있게 한
다는 점이 흥미롭다.

1) 한 마을이 정글어갑니다
   들꿩 한 마리 잘 익은 단시감 같은 석양을 데리고
   당산뫼 솔숲을 넘었습니다
   저녁 짓는 냉갈이 콧날을 시큰하게 스치며
   빈 몸의 들판으로 뿌옇게 몰려갑니다
   바람불면 들판에 버려진 나락들
   냉갈과 어울려 춤을 춥니다
   탱자나무숲엔 온통 참새들이 탱자처럼 데롱댑니다
   뒷잔등 밭에 매놓은 맴생이 한 마리 매에에에―
   대숲의 깊은 정적을 가만히 흔듭니다

             ―「정글어가는 하나대를 바라보며」 중에서

2) 난 서울에 살고 있지만 실은 넘서밭의 정기를 받고
   태어났었네 한 백년 묵은 감나무 그늘 아상에서
   증조할머니가 이빨 빠진 소리로 나비 하면 깨복장구인 난
   넘서밭 매는 할머니 귀청 떠날라가도록 나―비 따라 읽었네
   이랴낄낄 음메 소리 노랑나비떼 무시로 넘나들던 넘서밭엔
   땡볕 얼음과자 같은 외하며 아욱 상추 강냉이
   단수수 돔부 가지 가지가지 넘쳐났네...
   어느덧 내 몸 감쌌던 그 넘서밭의 푸른 혼적

뙤약볕 얼음과자 같던 외의 씁쓸한 맛으로 사라져가고
나—비 나—비 따라 읽던 그 옛날의 음성만 입 안에 무성
하네

　　　　　　　　　　—「할머니와 넘서밭」 중에서

　위 시 1)에서 하나대의 공간 배경을 알 수 있다. "한 마을"
의 경관景觀은 "들판"과 "숲"으로 펼쳐지는 분명 농촌의 모
습이다. 그 장소에서 "들꿩" "참새" "맴생이"를 볼 수 있고,
"석양"에 시골마을이 "정글어가"는 풍경이 매우 서경적이
다. 2)에서 '가족 이야기'가 나온다. 시인의 할머니는 "넘서
밭"을 매며 죽 그 곳에 살아왔다. 그 넘서밭의 "푸른 흔적"은
시인의 상경上京으로 "사라져가"지만 시인은 할머니와 나누
었던 "그 옛날의 음성"을 잊을 수 없다. 그 "입 안"의 읊조리
는 가락이 아마도 오늘날 시인의 '시'로 "무성"할 수 있는 동
인動因으로 작용하였는지 모른다. 그러므로 여기서 우리는
시인의 '탄생 신화'를 접하게 된다.
　J. 캠벨은 영웅의 신화적 모험의 과정은 통과제의의 절차
에 대응하는 (a) 떠남(departure), (b) 입문/시련(initiation), (c)
귀환(return)의 형태2)로 나타나고 있음을 천명闡明하고 있다.
이 도식에 '비유적'으로 따르면, '위대한' 시인도 그가 태어
난 '낙원(?)'의 세계에서 분리되어 미지의 '경험' 세계로 떠나
야 한다. 그 곳에서 시인은 엄청난 세계와 만나고 궁극적으
로 예술가다운 작품을 쓸 수 있게 될 것이다. 유하의 경우에

────────────────

2) 조셉 캠벨, 『세계의 영웅 신화』(이윤기 역, 대원사, 1989), 34쪽 참조.

도 이것을 적용해볼 수 있다. 왜냐하면 그는 하나대를 떠나 여러 단계의 시련을 거쳐 다시 그 곳으로 회귀回歸하는 시인의 여정을 밟고 있기 때문이다. 이와 같이 새로운 세계로의 '입문入門' 혹은 '진출進出'을 통한 그의 처절한 자의식을 보여주는 대표적인 시들로 다음의 작품들을 꼽을 수 있다.

3) 그러나 바벨을 하나씩 늘리다 보면,
　세상에 뻔한 이야기란 없다
　당장 올려놓은 낯선 쇳덩어리의 무게가 나를 압사시킬 듯
　그것을 가르쳐 주고 있지 않은가
　오히려 뻔한 것은,
　조금만 무리하게 바벨의 무게를 늘려도
　쉬 짓눌려 버리는 우리 자신들이다
　지금 보잘것없은 무게에도 쩔쩔맨다고 하여
　그를 무지렁이라 비웃지 말라
　새로운 무거움의 고통을 감수하며
　하나, 하나, 바벨을 늘려가는 자만이
　결국 새로운 세계를 견딜 수 있으리니!
　하나앗 둘…
　하나아앗 두울…

　　　　　　　　　　　　　　　　　－「인생공부」 중에서

4) 나는 눈물처럼 와해된다
　단 하나 무너짐을 위해 생의 날개는 그토록 퍼덕였던가
　저만치, 존재의 무게를 버리고 곤두박질치는 물새떼
　세상은 사는 것이 아니라 견디는 것이기에
　오래 견디어 낸 상처의 불빛은

그다지도 환하게 삶의 노을을 읽어 버린다
소멸과의 기나긴 싸움을 끝낸 노을처럼 붉게 물들어
쓸쓸하게 허물어진다는 것,
그렇게 이 세상 모든 저녁이 나를 알아보리라

―「세상의 모든 저녁 1」 중에서

위 시들은 제목이 시사하는 바대로 모두 '인생' 또는 '세상'에 대한 시련을 견디는 '통과의례'를 진술하고 있다. 3)에서 "바벨을 늘려가는 자만이 / 결국 새로운 세계를 견딜 수 있"다는 생生의 철학을 보여준다. "낯선 쇳덩어리의 무게"는 삶의 경험으로 나날이 늘어난다. 그 "고통"을 "감수"하는 자만이 "새로운 세계"를 견딜 수 있다는 신념은 어느새 생활로 옮겨져 단련되어가고 있는 인상마저 던져준다. 4)에서 시인은 "존재의 무게"를 이미 체감하고 있음을 알 수 있다. 그는 "세상은 사는 것이 아니라 견디는 것"이라고 깨닫는다. 그래서 "오래 견디어 낸 상처", 즉 '시련'은 "삶" 곧 "이 세상"을 무리 없이 이해할 수 있게 하는 지침서가 된다. 따라서 "저녁"에 "노을"을 보고 안식安息을 취할 수 있는 것이다.

우리는 시인이 '시련'(「인생공부」)을 통하여 「세상의 모든 저녁」을 받아들이는 마음의 준비를 하고 있음을 살펴본 바 있다. 다시 말해 "자기를 튕겨 저녁에 안기는 법"(「세상의 모든 저녁 3」 중에서)을 터득하여 삶의 궁극적 여정으로 회귀하고 있음을 알 수 있었다. 그렇다하더라도 시인의 마지막 귀착지로의 여정에서 어디쯤 정박하고 있는지 궁금하지 않을 수 없다.

    5) 쑥국새와 나누려 했던 메아리는
       내 안에서 캄캄하게 갇히고
       적막의 에너지로 흔들리는 들풀과 벼 잎사귀들,

       참매미들 참으로 온 생애를 다 바쳐 울 때
       거대한 피리 구멍처럼 차라리 한 마을이 따라 울었다
       살아 있으라 살아 있으라, 서로를 아프게 찌르며
       무성한 가시를 키우는 탱자나무 숲

       끊임없이 목숨들을 지우려는 폐허의 힘과
       온몸으로 폐허를 이겨내려는 목숨들이
       팽팽하게 맞서는 그곳에서,

       오래 봄비는 고통의 모래알 밟으며
       세월보다 먼저 세월을 살아버린 할머니,
       감꽃이 노을에 번져가듯 걸어 나오셨다

                          —「감꽃 피는 옛집으로」 전문

    6) 숲의 바람이 내 가슴을 지날 때면
       나 또한 숲의 일부가 되네, 언젠가
       사람의 눈을 버리고 산솔내의 숨결로
       바람을 낳고 있는 첫 나무의 얼굴을 보러 가리

                          —「고향—창룡에게」 중에서

위 시들에서 시인의 "옛집"과 "고향"에 대한 정서는 그저 단지 다시 찾고픈 '그리움'에 국한된 것만은 아님을 알 수 있다. 5)에서 쑥국새의 "메아리"마저 "내 안"에서 회돌이 치는 욕망("에너지")으로 표현하고 있다. "참매미"의 생애를 마감하는 울음은 결국 "한 마을"의 "폐허의 힘"과 "목숨들" 사이의 "팽팽한" 긴장을 직시하게 한다. 무엇보다도 이 경우에 있어서 "옛집"은 시인에 의해 다시 시로 부활한다는 것이 중요하다. 6)에서 시인은 "숲의 일부"이기에 "첫 나무의 얼굴"을 보러 되돌아가고 싶어 한다. 즉, 시인은 시원始原으로 귀환하려는 것이다. 그래서 시인은 "숲의 바람"의 시작이 "산솔새의 숨결"임을 노래하고 있는 지도 모른다.

3. '위험사회'의 신호등

우리에게 '근대의 얼굴'은 일견一見 '신호등'과 같을지도 모른다. 신호등의 색깔은 단지 녹색, 황색, 적색의 세 가지뿐이지만 우리의 '선택적 행위'는 그것에 따라 분명하게 달라진다. 하지만 우리의 '행동'은 그것에 맞추어야만 하는 일방적이고도 수동적인 대응에 불과할 수밖에 없다. 그러므로 언제부턴가 '성큼' 다가와 그 눈부신 '등'을 번득이고 있는 근대의 '모호한' 형체 앞에 우리들은 어떠한 모습을 하고 있는지 이제부터 고찰해보고자 한다.

유하 첫 시집의 '여는 시'에는 "온 세상이 다 노랗다"는 단

정적인 진술로 시작하고 있다. 그리고 계속해서 그는 아래
와 같이 '경고警告'성 메시지를 전하고 있다.

> 시대의 노란 신호등 / 해빙의 봄일수록 / 돌아가시오 / 돌
> 아가시오 / 한다
>
> —「개나리 꽃—여는 시」 중에서

　위 시는 물론 "개나리 꽃"의 "만발"을 노래한 시다. 그러
나 이 시의 출전出典이 『武林일기』이고 보면 그 내용이 심상
치 않음을 짐작케 한다. 언 땅이 풀리고 봄에 개나리꽃이 지
천에 피는 것은 해마다 겪는 자연현상이다. 하지만 '역사'와
관련하여 생각해 볼 수 있는 "시대"니 "해빙"과 같은 시어의
선택이나 '상황'을 말해주는 듯한 "돌아가시오"와 같은 반복
의 수사법은 의미해석의 확장을 유발하기에 충분하다. 이
땅에 신호등이 켜졌다. 한데 왜 하필이면 "노란" 불일까?
　유하의 경우 앞 장章에서 살펴본 바 있는 하나대의 '신호
등'은 '푸른'등이어서 앞만 보고 달릴 수 있었다. 그러나 그
곳을 떠난 이후의 사정은 사뭇 다르다. 어쩌면 도시로 나오
면서부터 아니 극단적인 서구화로 치달았던 '군사독재'를 인
식하면서부터 그는 이 '불길한' 신호등을 막연하게나마 의식
하게 된 것 같다. 그에게 있어서도 근대의 "노란" 등은 ≪마
지막 황제≫의 '라스트신'과 같은 시나리오만 남겨주었다.
즉, "자금성을 호령하던 푸이의 손에 달랑 남은 풀무치 한
마리!"('自序'에서)의 처지를 자각自覺하게 한 것이다. 그렇다

면 그의 「武林日記」에서 '무력武曆'의 현실질서는 어떠한 '상
태'인지 작품을 통해 들여다보기로 하자.

7) 그 무렵 하남땅에선 민초들의 항쟁이 있었다
  아, 이름하여 하남의 대혈겁
  광두일귀는 공수무극파천장을 퍼부어 무림잡배의 폭동을
  무사히 제압했다고 공표, 무림의 안녕을 거듭 확인했다
  그날은 꽃잎도 혈편으로 흐트러졌고 봄비도 피비린내의
  살점으로 튀었다 …
  천마대제는 갔지만 강자존 약자멸!
  이 무림의 대원칙이 깨질 것을 우려한 광두일귀 및 일부
  뜻 있는 고수들은
  武曆은 무력으로밖에 지킬 수 없다는 평범한 이치 앞에
  숙연해 하며
  한층 겸허하게 무공 연마에 정진할 것을 다짐했다

          ―「武曆 18년에서 20년 사이―무림일기 · 1」 중에서

8) 명사검법 중에서도 유독, 붓은 검보다 강하다
  검약필강의 구결만 떠오르는 정통종합검법
  지금도 중원무림의 젊은이들이 일류 검객이 되기 위해
  무심결에 암기하고 있는 검약필강의 구결
  무공비급에 묵시록적으로 도사리고 있는 검약필강
  길을 나서면 언제 어디서 장풍 맞을지 모르고
  날카로운 비수가 몸의 한구석을 노릴지 모르는 중원땅,
  정통종합검법을 맹목적으로 익히는 중원무림의 젊은이
  들이
  검약필강의 은밀한 구결을 뼛속 깊이 해독해내는 날

붓의 무형강기가 그 어떤 초식보다 날카롭게
중원무림을 정통으로 꿰뚫으리라
중원은 정통성을 되찾으리라

—「정통종합검법―무림일기 · 7」 중에서

위 '무협' 시편들에서 '무력武曆'은 군사독재시절을 지칭한
다. 이러한 유하의 '무협소설적 언어'들은 당대의 정치적 상
황을 '교묘한 풍유'로 표현한 것임을 미루어 짐작할 수 있다.
즉, 이 '역사적인 기록물'의 문체는 당대의 혹독한 '검열'을
의식한 탓인지 극도의 풍유로 기술되어 있다. 따라서 '무림
武林'이 그 당시의 '삶의 세계'였다는 등식을 고려하지 않으
면 사실관계를 '올바로' 파악하기가 그리 용이하지 않다. 7)
에서 "무림패왕 천마대제(박00)"의 서거 후에 광주학살이
광두일귀(전00) 일당들에 의해 자행되었음을 순차대로 서술
하고 있다. 또한 '무림의 대원칙'이 "武曆은 무력으로밖에 지
킬 수 없다"였기에, 그 잘못 행사한 '권력'의 남용이 무수한
죄 없는 민중들의 생명을 무참히도 앗아갔음을 역사의 교훈
으로 삼아야겠다. 8)에서 한 마디로 "붓은 검보다 강하다(劍
弱筆强)"고 못박는다. 비록 칼이 필을 누르는 비운을 맞이했
지만, "젊은이"들이 이 "劍弱筆强의 은밀한 구결을 뼛속 깊
이 해독해내는 날"이 오면 다시 민족과 국가의 "정통성"을
회복할 수 있다는 것이다. 참담한 정치적 현실에도 불구하
고 비판적 사유와 그것을 실천하는 양심으로 민주적 '혁명'
을 완수할 수 있었던 우리의 현대사를 기억해 낸다면 시인

의 이 '언설'이 얼마나 위대한 것인지 새삼 깨달을 수 있는 대목이다.

시인은 한 발 더 나아가 "진시황도 만리장성 안에서 죽었다"(「중원무림 태평천하」에서)라고 말하고 있는 바, 마침내 광장에 몰려든 민중의 위대한 물결은 실제로 그 막강한 독재권력을 권좌에서 몰아냈다. 우리는 '민중의 힘'을 사회·문화적으로 체험했다. 우리의 역사 속에서 정말 붓은 칼보다 강했고, 민주주의의 봄이 다시 찾아왔다. 그러나 그 '감격'이 채 가시기도 전에 한국 자본주의는 합리적이지 못한 욕망의 노예로 금방 전락하고 말았다면 이것은 또 어떻게 설명하여야 하는가? 그런 면에서 유하의 '압구정동' 시편들은 대중들의 희희낙락喜喜樂樂하는 물질시대의 모습을 비판적으로 잘 보여주고 있는 드문 예에 속한다고 할 수 있다.

9) 이곳 어디를 둘러보라 차림새의 빈부 격차가 압구정동 현
   대아파트는 욕망의 평등 사회이다 패션의 사회주의 낙원
   이다
   가는 곳마다 모델 탤런트 아닌 사람 없고 가는 곳마다 술
   과 고기가 넘쳐나니 무릉도원이 따로 없구나 미국서 똥구
   르마 끌다 온 놈들도 여기선 재미 많이 보는 재미 동포라
   지화자 봄날은 간다―
   해서, 세속도시의 즐거움에 동참하고 싶은 자들 압구정동
   의 좁은 문으로 들어가길 힘쓰는구나…
   걸어가면 만날 수 있다 오, 욕망과 유혹의 삼투압이여
   자, 오관으로 느껴보라, 안락하게 푹 절여진 만화방창 각
   종 쾌락의 묘지, 체제의 꽁치통조림 공장, 그 거대한 피스
   톤이, 톱니바퀴가 검은 기름의 몸체를 번득이며 손짓하는

현장을
왕성하게 숨막히게 숨가쁘게
그러나 갈수록 쎅시하게

　　　　－「바람부는 날이면 압구정에 가야 한다 2」 중에서

10) 그러나 보라 맛의 덫에 빠진 노자의 후예들이
　　햄버거에 맛들려 황황히 몰려가는 모습을
　　압구정동, 그 온갖 구매욕의 슈퍼마켓이 헉헉 내뿜는
　　현란한 바람의 향기가 온 천지로 휘몰아치며
　　온갖 잔잔했던 것들을 숨가쁘게 풍차 돌리는구나

　　죽음이라는 육신의 일시적 브레이크도
　　지칠 줄 모르고 미끄러져가는 저 가속도의 섹혼들을
　　끝내, 멈추게 할 수 없으리라

　　　　－「바람부는 날이면 압구정에 가야 한다 9」 중에서

　위 시들에서 '압구정동'은 한국 자본주의 상층을 구성하는 문화논리를 상징한다. 유하에게 있어서 고향 하나대의 바람이 산천초목山川草木의 바람이라면 이곳에서 부는 바람은 도시의 욕망으로 헤어날 수 없는 바람이다. 이 변질된 바람의 '속도'는 가히 인간 문명 자체를 통제불능의 상태로 몰고 가기에 충분하다 할 것이다. 9)에서 압구정동은 "세속도시의 즐거움"을 만끽할 수 있다고 한다. 그곳은 허울("차람새")로만 판단하면 부의 극치를 내달리는 곳이다. 그래서 "평등사회" "사회주의 낙원" "무릉도원"과 같은 이상적인 수식어를 억지로 사용하고 있지만 그 실체는 "욕망과 유혹"이다. 10)에서 먼저 압구정동은 "생사"가 "호흡지간"이라 한다. 그리고 "맛"과 "구매욕"과 같은 욕망의 "바람"이 "숨가쁘게 풍차 돌리는" 장소이기도 하다. 그러나 역설적이게도 그 "가속도"는 "죽음"으로도 멈추게 할 수 없을 것이라는 진단이 내려진다. 이와 같이 도시의 욕망에 저항하지 못하는 '감각화'는 왠지 불안을 키워가고 있는 듯한 '아찔한' 느낌을 전해주고 있다.

이와는 달리 유하의 '세운상가' 시편들은 한국 자본주의의 저층底層을 면밀하게 들여다보는 '돋보기'의 역할을 수행한다. 이 거리에는 욕망의 중심에서 밀려난 온갖 것들이 주변부 삶의 물질적 기반이 되고 있다. 그러므로 유하의 경우 이 단계에 이르러서야 비로소 대다수 민중들의 일상에 근접하여 '실제상'을 포착하려는 노력이 어느 정도 성과를 거두고 있음을 아래의 작품에서 확인할 수가 있다.

> 11) 홈집 많은 중고 제품들의 거리에서
>   한없이 위안받았네 나 이미, 그때
>   돌이킬 수 없이 목이 쉰 야외 전축이었기에
>   올리비아 하세와 진추하, 그 여름의 킬러 또는 별빛
>   포르노의 여왕 세카, 그리고 비틀즈 해적판을 찾아서
>   비틀거리며 그 등록 거부한 세상을 찾아서
>   내 가슴엔 온통 해적들만이 들끓었네
>   해적들의 애꾸눈이 내게 보이지 않는 길의 노래를 가르쳐
>   주었네
>
> 　　　　　　　　　　－「세운상가 키드의 사랑 1」중에서

12) 나는 세운상가 키드, 종로 3가와 청계천의
    아황산 가스가 팔 할의 나를 키웠다 …
    고담시의 뒷골목에 뒹구는 쓰레기들의 환희, 유혹
    나의 뇌수는 온통 세상이 버린 쓰레기의 즙,
    몽상의 청계천으로 출렁대고
    쓸모 없는 영혼이여, 썩은 저수지의 입술로
    너에게 무지개의 사랑을 들려주리
    난 구정물의 수력 발전소,
    난지도를 몽땅 불사를 후의 에너지

    ……

    나는 부유하는 육체의 세운상가
    곰팡이를 반성하지 않는 곰팡이,
    그리하여 곰팡이꽃의 극치를 향해가는 영혼

                    ─「세운상가 키드의 사랑 3」

　위 시의 표현대로 세운상가는 버림받은 것들(중고 제품)
과 금지된 것들(포르노)이 한데 섞여 있는 곳이다. 도시 첨단
문명의 형태를 띠었지만, 문명의 이름으로 "등록 거부"된 집
합지이다. 그러나, 11)에서 시인은 "위안"이 필요할 때마다
그곳을 찾는다고 한다. 또한 12)에서 시인은 우리 모두가
"세운상가 키드"로 그곳에서 자라났음을 시사하고 있다. 시
인은 공해를 뒤집어 쓴 쓰레기 더미에서 생의 존재를 새롭
게 발견하고 있는 듯하다. 그리하여 "육체의 세운상가"를 움
직여 나가는 "영혼"적 존재인 서민들의 동적 "에너지"로 찬

양한다. 즉, 그 매혹은 "등록 거부한 세상"과 "쓸모 없는 영혼"의 만남의 장소이기 때문에 가능한 것인지도 모른다.

4. 미완의 비극

'변혁'을 부르짖었던 광장과 거리의 민중들은 모두 과거의 역사 속으로 흘러 들어가고 없다. 그러나 이 땅의 민중들은 끊임없이 "욕망"의 줄에 새롭게 "올인"하고 있다. 이를 두고 시인은 "삶은 마약과 같아서 / 끊을 길이 없구나"(「생」에서)라고 읊고 있다. 하지만 "견자의 꿈"을 품고 있는 시인에겐 그 "헛됨의 끝까지" 가는 것이 어떠한 의미를 지니는 것일까? 시인은 "늘 途中에 있"지만 "샛길에서 깨달음을 얻"(「나는 추억보다 느리게 간다」에서)는다고 실토한다. 그는 시를 탓한 적이 있지만 "시는 몸에 박힌 가시"(「아주 작은 가시」)에서와 같아서 아프지만 그 속에서만 "온전한 힘"을 볼 수 있다고 한다. 그렇기에 그는 운명적으로 "서서히 뭔가를 잃어가는 과정"을 그의 경마장 "시 몇 편"으로 되뇌고 있다.

13) 마사 박물관에 가면 당신은
　　　한때 뚝섬을 주름잡았던 명마의 박제를 만날 수 있다
　　　경주마 이름은 포경선
　　　생전에 그에겐 많은 돈이 걸렸다
　　　물론 사람들이 원하는 건 바람 같은 질주가 아니었다
　　　그는 시간이라는 조롱 속에 갇혀

끝없는 황금 고래에 대한 이야기를 해야만 했다
그는 알고 있었다
오직 죽음만이, 이 저주 받은 이야기꾼의 운명을
정지시켜줄 수 있다는 것을,
죽음은 그의 바람대로
그를, 말의 육신을 멈추게 해주었다
이윽고 그의 몸은 방부제로 가득 채워졌다
그리하여 황금 고래에 관한 이야기는
영원히 썩지 않는 박제가 되었다

　　　　　　　　　　　　　　　　　　　　－「천일馬화－명마 포경선」 전문

14) 경주는 새로이 시작되고, 욕망은 지연된다. 나의 질주는
　　반복되고 누군가는 또다시 나를 기다린다. 결승선 전방
　　후미 그룹을 형성하다 벼락처럼 치고 나오는 짜릿한 나
　　의 모습을.
　　두두두두두 똥말은 달려간다 천일마화여, 두두두두 마각
　　을 감춘 채 세상의 똥말들은 쉬지 않는다
　　나의 왕인 고객이시여, 아직은 칼을 거두소서. 내 말은 아
　　직 끝나지 않았답니다
　　나는 여전히 후미 탐색 중이니까요. 기다림을 멈추지 마
　　세요. 언젠가는 대박을 안겨드릴 거예요
　　그럼요, 멋지게 인생을 역전시켜드리겠어요

　　　　　　　　　　　　　　　　　　　－「천일馬화－변마의 독백」 중에서

　　위에 나오는 '경마장 연작'에는 '천일馬화'라는 제목이 붙
어 있지만 단순히 말(馬)에 관한 시들이 아니라, "말(馬)에 관

해 말(言)하려는 욕구"3)에 관한 시이다. 13)에서 말(馬)과 말(言)의 운명에 대한 우화가 나온다. 누구에게나 친숙한 『천일야화(千一夜話)』(*The Arabian Nights*)의 이야기꾼 세헤라자드는 페르시아의 샤 리아르 왕에게 그녀의 '하룻밤' 운명을 건 이야기를 1001일 밤 동안 들려준다. 그래서인지 그 이야기는 불멸의 운명을 타고났다. "명마의 박제"의 이름이 "포경선"이다. "죽음"은 "말의 육신"을 멈추게 하여 이제 더 이상 "돈"을 위해 "바람 같은 질주"를 하지 않아도 된다. 그러나 "영원히 썩지 않는 박제"는 "시간"의 "조롱"에 의해 그 '이름 값'을 해야 한다. 즉, "끝없이 황금 고래에 대한 이야기를 해야만 했다." 14)에서 "똥말"의 질주는 "반복"에 의해서 "욕망은 지연"되는 경마장의 속성을 말한다. "후미 탐색"과 "기다림"의 여정은 인생 역전의 "대박"을 보장하지 못한다. 앞의 시가 이야기(혹은 시인)의 운명을 언급한 것이라면, 뒤의 시는 경주마(혹은 인생)의 숙명을 묘사한 것이다. 그러므로 「천일馬화」란 끝없이 달려야 하는 말(인생)의 이야기이면서 또한 그것을 불멸의 이야기로 이어가야 하는 이야기의 속성 그 자체를 성찰하고 있는 작품이다.

앞서 우리는 시간의 '역설'적인 기능에 의하여 시인의 '이중적' 역할이 주어짐을 무의식적으로 다루어왔다. 즉, '불멸'의 시간 앞에 '순간'의 삶은 사라진다. 현재를 살아가는 삶은 욕망의 '기표'로 미로 속으로 사라진다. 그러나 그 욕망의 '의미망'은 끊임없이 이야기를 생산하여 천수天壽를 누린다.

---

3) 이광호, 「말달리자, 말달리자」, 『천일馬화』(유하 시집, 문학과지성사, 2000) 해설 참조.

그러므로 시인의 운명은 '비극'적이지만 시인은 체험의 '말'
을 시로 담을 수 있는 것이다.

    15) 비극 시인의 집(J. Ⅷ n.5)이 보였다
        그는 세상에서 가장 슬픈 비극을 구상하다
        불덩이를 맞이했으리라
        열일곱 시절, 그때 난 화신극장에 앉아
        두 손으로 폭발하는 베수비오 화산의 용암을 만졌다
        난 향락을 원했다 퇴폐를 원했다
        화신극장은 나의 폼페이였다
        비극 시인의 집이었다
        식은 용암 속의 그대,
        고통의 화석이여
        무너진 화신극장의 돌기둥 앞에서 담담하게 인정한다
        나는 이제 폐인이 된 것이다
        내 꿈의 번화가는 여기서 끝이 났다

                        ―「폼페이, 혹은 슬프지 않은 비극」 중에서

    16) 나의 母語가 아무리 못난 엄마라도 좋다 그 방외의 말이
        아무리 나를 가두는 좁은 감옥이라도 좋다 그 감옥 안에
        서 나는 행복하다
        시는 변방으로 귀양 가버린 노래, 그리고 그 변방 중의 변
        방에 있는
        나의 말을 나는 사랑한다 이는 결코 자기 위안이 아니다
        이제 시의 운명은 그 주변성의 극점에서 완성될 수 있는
        것이므로

                            ―「천변 풍경」 중에서

위 시들에서 시인의 '독백'은 유달리 진지하고 사변적인 논리로 전개되고 있다. 15)에서 "폼페이 유적지"는 시인의 존재에 대한 하나의 비유이다. 비극을 구상하다 불덩이를 맞이한 폼페이의 비극 시인처럼 유하도 "무너진 화신극장의 돌기둥 앞에서" "내 꿈의 번화가"가 끝이 나고 "고통의 화석"으로 "복원"될 지도 모르는 시인의 심혼心魂을 예감하고 있다. 16)에서 시인의 '모국어'에 대한 생각을 읽을 수 있다. 유하는 "시는 변방으로 귀양 가버린 노래"이고, 또한 시의 운명은 "그 주변성의 극점에서 완성"될 수 있다고 정의하고 있다. 그래서인지 세계화 속의 영어 공용어 논란에도 불구하고 그는 모어母語가 "못난 엄마" 또는 "좁은 감옥"이라도 좋다는 것이다.

우리는 여기서 시인의 사명을 결코 소홀히 여길 수 없는 중요한 문제에 봉착逢着하게 된다. 시는 읽는 독자에게 즐거움을 주는 것이어야 한다. 그러나, T. S. 엘리어트에 의하면 시인의 보다 더 직접적인 임무는 국어國語에 대한 것, 즉 그 국어를 보존하고 그것을 확대·향상시키는 일이다.4) 유하는 이러한 시의 사회적 기능을 중시하여 '죽은 시인'의 사회가 되지 않는 노력을 특히 시집 『천일馬화』에서 일관되게 보여주고 있다. 따라서 모국어에 대한 각별한 관심과 문명 비판적 혹은 생태적으로까지 발전한 그의 시적 태도는 시인으로서 우리 사회의 타락을 예방하고 구원을 가져올 수 있는 긍정적인 전망을 기대할 수 있게 하고 있다.

---

4) T. S. 엘리어트, 「시의 사회적 기능」, 『엘리어트 문학론』(최창호 역, 서문당, 1972) 참조.

17) 은륜의 비어 있음을, 무를 쓸모 없다 비웃지 마라
　　그 텅 빈 중심이 매연도 굉음도 쓰레기도 없이
　　시인의 상상력을 굴린다
　　비루한 일상을 날아올라 심오한 정신의 숲과 대지를 굴리고
　　마침내 우주를 굴린다
　　길이여, 나를 태운 은륜은 게으르되 게으르지 않다
　　무의 페달을 밟으며 내 영혼은 녹슬 겨를도 없이 自轉하
　　리라

　　　－「無의 페달을 밟으며－자전거의 노래를 들어라 1」 중에서

18) 세상을 삼킬 것 같았던 어제의 열망은 이제
　　나의 몸을 알아보지 못한다, 그러나 노는 자여
　　나는 이미 오래 전에 예감했었는지도 모른다
　　집으로 저물어 돌아가는 나의 자전거가
　　텅 빈 가을 하천의 사소한 풍경을 완성시키고 있는 이 순
　　간을

　　　　　　　　　　－「자화상」 중에서

　위 시들은 시인의 존재와 그 역할을 다시 한 번 자리 매김
하고 있다. 17)에서 "시인의 상상력"을 예찬하고 있다. "은륜
銀輪"은 "無의 페달"로 시인의 영혼을 "녹슬 겨를도 없이 自
轉"시킨다는 것이다. 그리하여 그 "심오한 정신"은 "매연도
굉음도 쓰레기도 없"는 자연("숲과 대지" "우주")을 낳는다.
18)에서 시인은 자화상을 그리고 있다. 시인은 과거의 '거대
서사'로 미처 완성하지 못한 "나의 몸"을 깨닫는다. 그리고

그것으로부터 완전히 해방된 "노는 자"가 되어 "이 순간"을 최종적으로 "완성"시켜나가고 있는 것이다.

경마장 연작을 통하여 '박제화' 될 수밖에 없는 시인의 운명을 자각한 시인은 그가 지금까지 미루어 온 '자화상'을 그려나가고 있다. 역동적인 근대를 살아오면서 부딪칠 수밖에 없었던 많은 구호들은 그의 삶의 중심에서 주변으로 이동하였다. 그리고 그는 저녁을 물들이는 노을을 보고 "우리가 이렇듯 욕망으로 물드는 건 / 그 깨달음을 사랑하기 때문이다"(「노을」에서)고 반성한다. 그의 성찰은 어느덧 생태적인 사유로 나아가고 있다. 그래서인지 그는 '느림의 철학'에 빠져들며 "풀잎의 붓으로, 세상 천지 / 단 한번 쓸 수 있는 시"(「푸른빛」에서)를 쓰려는 시작詩作을 시도한다. 하지만 '시대의 비극'은 여전히 막을 내리지 못해서 그의 시도 더 먼 길을 떠나야 할 것 같다.

5. 나오며

시인은 '현실'에 몸을 담지만 그러나 그 몸은 "박제"되어 전시된다. 육신의 몸은 생生을 지탱하는 욕망의 창구이다. 유하는 '하나대'에서 성장하여 도시로 나와 순차적으로 무림, 압구정동, 세운상가, 경마장을 전전하며 일상으로 다가오는 삶의 질곡을 탐색한다.

하나대에서의 '탄생' 신화는 '떠남―입문―귀환'이라는 시인의 운명을 정해 주었다고 할 수 있다. 그의 성장 과정은 이후 그의 시에서 간단없이 서정을 불러일으키는 동인으로 작용한다. 무엇보다도 유하 시의 본령은 '입문'단계에 해당하는 그의 '도시시'들이다. '무력'시대 자행된 폭력을 기록해야만 하는 당위성에서 쓰게 된 「무림일기」부터 시작하여, 근대가 추동하는 한국 자본주의의 상/하층부에서 너무나 이질적으로 진행되는 욕망의 서사를 담고 있는 '압구정동'과 '세운상가 키드' 연작들, 그리고 마지막으로 "적중되지 않는 마권"에 생사여탈을 맡기는 '경마장' 연작들은 한결같이 불길한 욕망의 무대였음을 잘 보여준다.

하지만 유하는 누구보다도 시인의 사명을 잘 깨닫고 있다. 그의 시적 귀환은 근대문명비판을 통하여 서서히 생태적 각성을 천착하는 시를 지향하고 있다. 그는 시인으로서 모어母語의 진작振作을 통한 시적 진실에 다가가고 있음도 발견할 수 있었다. 따라서 그의 시인으로서의 진정한 탄생은 박제된 그의 시로 말미암아 끝없는 이야기로 이어가게 될 것이 틀림없다. 다만 한 가지 이 시점에서 '세계체제'가 몰고 온 작금의 '야만성'에 그의 시가 어떻게 화답할 것인지 귀추가 주목되지 않을 수 없다. 그런 의미에서 필자는 '현실주의자' 유하의 또 다른 탈주를 기대해본다.

≪미래문학≫ 통권 19호

문명적 '야만' 버리기

자연은 꿰매지 않은 옷을 입고 있다. 봄의 어디선가 꺼내 입은 초록 잎들도 가을이면 울긋불긋 땟물이 꼈는지 물들어 있다. 그러나 그 낀 때도 모두 털어 버리고 겨울이면 드러난 몸을 부끄럽게 여긴다. 잎눈, 꽃눈 그리고 씨눈들이 겨울을 멀리 보며 생각하고 꿈꾸던 내용들을 다시 봄에 이어가며 새롭게 말하는 것이다. 하지만 어김없이 돌아오는 자연의 시간에 훼방을 놓기 시작한 일들이 언젠가부터 달갑지 않은 얼굴을 하고 차례대로 생겨났다.

우리 인간은 자연에서 태어나서 문명을 꽃피웠다. 그러나 인류의 역사는 피와 땀이 얼룩진 옷을 벗지 않아서 그 때가 가득하다. 지금 이 순간에도 지상의 전쟁이 스쳐간 땅에 헐 벗고 굶주린 사람들이 잡초로 남아있다. 그들이 울부짖던 고통의 절규가 귓전을 떠날 새도 없이 또 포성이 들려온다. 분명 인간은 다툼과 그로 인한 전쟁의 때를 씻지 못한 채 그 옷을 너무 오래 껴입어 자연의 살아있는 감각을 잃어 버렸다.

9·11 테러에 맞선 미국의 지나친 응전應戰으로 아프카니스탄과 이라크는 초토화되었다. 어떠한 동기로든 막을 수 없었던 전쟁으로 그 곳은 현재에도 목숨을 잇는 것이 엉킨 실타래를 푸는 것과 같다. 전쟁 후 먼지가 가라앉은 카타하르엔 새싹이 돋아날 것 같지 않은 폐허의 모습만 드러냈고, 바그다그엔 포성 대신 총성이 아직도 끊이지 않는다. 매사 서둘 뿐인 미국은 자제력을 잃은 지 오래여서 또 다른 파병을 주변 국가에게 요청하고 있다. 그러나 이것은 국제 사회의 냉혹한 힘의 논리에 기댄 부질없는 강요일 뿐, 기실은 그들이 주장하는 인간의 타고난 인권을 역설적으로 외면한 결과로 치달을 것이 틀림없다.

우리의 '집단'지성은 수많은 반전反戰의 외침이 있었음에도 침묵하였다. 항상 국제 사회의 요동치는 실리 싸움에 약소국 민중의 삶은 소외 당해왔다. 그리고 그 긴 '흥정'의 끈은 지금도 다른 이름으로 계속되고 있다. 한국은 북한의 '핵' 문제로 위협을 받고 있고, 그 와중에 사태를 직시할 수 없는 '참여' 정부는 일관성 없는 임기응변만 보여주고 있어 실망만 안겨주고 있다. 안타깝게도 한 세대를 혁명의 소용돌이에서 건지어 낸 민중의 한결같은 '민주화'의 목소리도 작금에는 대중으로 전락하여 신자유주의의 시장논리에 과감하게 맞서지 못하고 아무런 저항 없이 휩쓸려가고 있다.

우리에게 '위험'은 이렇게 찾아왔고, 그 누구도 자신만은 '안전'할 것이라 믿는다. 즉, 대중들은 자신이 위험과 무관하다고 믿고 있고, 그 위험을 야기한 것은 자기와 상관없는 외부의 존재라고 여긴다. 이런 현상은 위험의 악영향을 더욱

증가시킬 수 있다. 그럼에도 불구하고 우리 사회 안의 목소리는 이해관계에 모든 것을 맡기고 있다. 도덕성과 윤리 의식, 그리고 책임 사회는 사라져 버린 유토피아의 전설이 되어버렸다. 그리고 실업, 신용불량, 천재지변, 정치권의 혼란 등이 생겨나 가정을 파괴하고 사회의 공공성을 회복할 수 없는 위기로 내몰고 있는 것이다.

마침내, 우리 사회도 절실히 부르짖는 시민적 목소리에 귀를 기울여야 할 때가 왔다! 항상 국익國益과 가족의 편안함만을 추구한다면 다른 편의 정당한 목소리마저 놓칠 수 있다. 우리의 헌정사상 처음으로 국적을 포기하겠다는 구슬픈 외마디가 흘러나오고 있는 것 또한 숨길 수 없는데, 이것보다 더 통탄할 일이 도대체 어디 있단 말인가? 한국의 자랑스러운 농민 이경해는 이와 같은 참담한 현실에 인류가 양심의 눈을 떠주기를 바라고 스스로 목숨을 초개와 같이 버리며 위대한 각성을 촉구한 바 있다. 더욱이 우리 민족은 홍익인간의 건국이념을 가지고 있기에 더 이상 기망欺罔으로 내달리는 세계 현실에 안주해서는 안 될 것이다.

얼마 전 올해의 노벨상을 탄 존 쿳시의 작품 중에 『야만인을 기다리며』는 현대 사회의 폭력성을 잘 파악하고 있어 심금을 울려주고 있다. 오늘날 폭력을 휘두르는 실체와 그 희생자가 누구인가는 너무나 명백하다. 이 소설에 나오는 제국주의자들이 '야만인들'에게 가하는 고통과 폭력은, 그리고 그들이 정보를 조작하여 조성하는 불안과 애국심은 인류의 역사만큼이나 해묵은 것이고 지속적으로 저질러온 용서받을 수 없는 범죄로 동작하고 있다. 하지만 비록 어떠한 명분을 내세운다 할지라도, 문명(혹은 평화)의 이름으로 폭력을 휘두르고 분란을 일으키는 그 자체야말로 사실은 그들이 자칭하는 야만적인 행위가 아니겠는가?

　문명 사회의 폭력성은 어쩌면 야생의 눈으로 다시 보아야만 치유할 수 있을지 모른다. 흑과 백(인종), 남과 여(성), 좌와 우(계급)와 같은 이분법적인 '눈'과 '입'으로는 끊임없는 대립과 갈등만 부추길 뿐이다. 우리에게는 마음을 활짝 연 대화를 통한 조율이 필요하다. 내 곁에 평화를 두기 위해서는 분노의 화살을 꽃으로 바꾸어야 하며, 탐욕을 비워서, 오해와 갈등을 조화와 화해로 승화시켜야만 한다. 내가 만나는 모든 것을 사랑하고 함께 나누는 것만이 근원 혹은 본질로 회귀하는 '좁지만' 그러나 '유일한' 길이 될 것이다.

《복지》 통권 352호

아지랑이의 다림줄

| 초판 1쇄 인쇄일 | 2013년 8월 20일 |
| 초판 1쇄 발행일 | 2013년 8월 21일 |

지은이	이병용
펴낸이	정진이
편집이사	박지연
책임편집	이하나
편집/디자인	정유진 신수빈 윤지영 이가람
마케팅	정찬용 권준기
영업관리	심소영 김소연 차용원 전소회
인쇄처	월드문화사
펴낸곳	새미

등록일 2005 03 14 제25100-2009-8호
서울시 강동구 성내동 447-11 현영빌딩 2층
Tel 442-4623 Fax 442-4625
www.kookhak.co.kr
kookhak2001@hanmail.net

| ISBN | 978-89-5628-626-6 *03800 |
| 가격 | 16,000원 |

* 이 작품을 제작할 수 있도록 도와주신 강원도와 토지문화관에 감사드립니다.